LE DERNIER SECRET

SOLENN DE ROYER

LE DERNIER SECRET

BERNARD GRASSET
PARIS

ISBN 978-2-246-82149-6

« Voici, parce que tu as peu de puissance, et que tu as gardé ma parole, et que tu n'as pas renié mon nom, j'ai mis devant toi une porte ouverte, que personne ne peut fermer. »

Apocalypse, 3.8

Le ciel d'automne s'est assombri. La salle des ventes qui s'emplit doucement offre un havre paisible, dans cet ancien hôtel particulier de la rue du Faubourg Saint-Honoré. Claire a pris place sur une chaise pliante, à côté de la fenêtre. Élégante, discrète et seule, perdue dans la foule d'acheteurs et de curieux. À 50 ans passés, elle n'a pas un cheveu blanc.

Comme les autres, elle a posé sur ses genoux l'épais catalogue, qu'elle feuillette en attendant le commissaire-priseur de la maison Piasa. Les néons éclairent d'une lumière froide la pièce aux murs blancs. Elle ferme les yeux. En quittant son appartement, dans la matinée, elle ne savait pas si elle était excitée de se rendre à cette vente des livres de François Mitterrand, ou si elle avait peur. Maintenant, elle sait.

Claire frissonne, relève le col de son manteau.

Trois jours plus tôt, elle a passé un long moment devant les étagères vitrées où les lots numérotés ont été exposés, 683 au total. Il y a les livres écrits par l'ancien président, dont certains ont été reliés par son épouse Danielle. Il y a aussi un millier d'ouvrages de littérature du XXe siècle, le plus souvent des éditions originales qu'il avait lui-même chinées sur les quais ou dans des librairies spécialisées.

En passant d'un rayon à l'autre, un carnet à la main, Claire a reconnu ces romans dont il lui parlait ou qu'il lui montrait. *Les Hommes de bonne volonté* de Jules Romains, *Notre jeunesse* de Charles Péguy, *L'Amant de la Chine du Nord* de Marguerite Duras, *Les Justes* d'Albert Camus. Et puis Paul Morand, Henry de Montherlant, Hervé Bazin, Jean Giono… Elle a essayé de compter les ouvrages de Jacques Chardonne, qu'il aimait, mais il y en a trop, sans doute une trentaine.

Claire s'est arrêtée devant *Le Jardin des Finzi-Contini* de Giorgio Bassani. Une édition originale, qu'il lui avait prêtée. Mitterrand détestait se séparer de ses livres et lui avait laissé celui-là à regret, en la priant d'en prendre soin. Il s'enquérait à intervalles réguliers de l'avancée de sa lecture, réclamait. Tu penseras à me rapporter le livre, tu ne l'as pas abîmé ? Cet empressement l'amusait. Et le voici, ce livre tant aimé, derrière la vitre de l'armoire d'exposition, estimé à 500 euros. Claire l'a photographié avec son téléphone portable, en se demandant qui l'achèterait.

La salle est comble désormais, la vente peut commencer. Les acheteurs lèvent la main. Une fois, deux fois, dix fois. Les livres d'une vie vendus aux plus offrants.

Adjugé. Adjugé. Qui dit mieux ? Adjugé.

Elle revoit la bibliothèque qui tapissait les murs de la chambre, à l'Élysée, sa pièce préférée. C'était souvent là qu'elle l'attendait, aimant contempler ces ouvrages précieux, toucher les tranches reliées. Parfois elle en prenait un, lisait quelques pages et le rangeait, en prenait un autre. Puis, il arrivait, s'excusait de son retard, l'embrassait. Elle pense à « Drouot », la chanson de Barbara, au « dernier souvenir de ses amours d'antan », aux « trésors fabuleux d'un passé qui n'est plus ». Le marteau du commissaire-priseur hésite, danse, avant de retomber, dans un hypnotique ballet.

« Les choses ont leurs secrets, les choses ont leurs légendes. Mais les choses nous parlent si nous savons entendre. »

Adjugé. Adjugé.

« Ce que vous vendez là, c'est mon passé à moi. »

Claire a envie de pleurer mais se retient.

Elle se souvient de tout.

De leurs promenades le long des quais.

De ses appels deux fois par jour, le matin et le soir, pendant huit ans. Des messages qu'il laissait sur son répondeur, dans son petit appartement de la rue du Four, à Saint-Germain-des-Prés.

Elle se souvient de l'attente.

De la jalousie et du manque, des scènes qu'elle lui faisait.

Des larmes, des lettres qu'elle n'envoyait jamais.

Du flegme de François Mitterrand, mais aussi de sa patience, attentive et tendre, endurante.

De la perversité et de la douceur, mêlées.

Elle se souvient de ce jour glacé où les gardes du corps l'ont laissée monter au troisième étage du 9, avenue Frédéric Le Play, où il s'était retiré et où il est mort, un lundi de janvier. Elle est restée dans la chambre, seule et effrayée, à regarder une dernière fois le visage de l'homme aimé.

Elle se souvient de tout.

De la petite table ronde que les maîtres d'hôtel de l'Élysée dressaient pour leurs déjeuners en tête à tête dans la bibliothèque, au rez-de-chaussée du palais.

Du grincement que faisait, en s'ouvrant, la porte des appartements privés.

Du dernier déplacement du président dans le Morvan, au mont Beuvray. Cache-moi, avait-il ordonné, épuisé, tandis qu'on lui tendait un verre d'eau.

De la plaque d'immatriculation de la Renault 25 officielle, 416 EWB 75.

Du grain de sa peau fine, pâle, presque translucide.

Du parfum qu'il portait, de la maison Molinard.

Des mots qu'il lui disait : Tu es l'une de mes plus proches amies.

Claire a rangé ses photos dans une boîte Christofle en carton. Elle a mis du temps à les faire développer à l'époque, redoutant d'éveiller la curiosité, ne sachant pas à qui les confier. Elle a même demandé aux gardes du corps s'il y avait un service photo au 55, rue du Faubourg Saint-Honoré.

Elle accepte de me les montrer.

Celle qu'elle me tend a été prise dans le parc de l'Élysée, lors de la garden party du 14 juillet 1994, la dernière de Mitterrand, un an avant de quitter le pouvoir. Il fait très beau. Claire porte une large veste bleu marine, avec des épaulettes. Elle pose aux côtés de son père et de sa mère, une coupe de champagne à la main. Tous les trois sourient à l'objectif. Ses parents étaient devenus des habitués de la garden party, elle pouvait inviter qui elle voulait. Flattés d'y être conviés, ils ne posaient aucune question à leur fille.

Claire a pris plusieurs photos ce jour-là. Elle les regarde d'abord, avant de me les donner. Certaines sont floues ou mal cadrées. Mitterrand en gros plan. Mitterrand de loin. Parfois, on n'aperçoit qu'un bout d'épaule ou le haut du crâne, cachés derrière la foule des invités, vorace et empressée. Sur une autre, elle a réussi à attraper son regard.

Elle ouvre une deuxième pochette. Un voyage officiel. L'avion présidentiel. Le tapis rouge sur le tarmac. Une foule massée le long d'une route. La chambre de Claire, une suite luxueuse, dans le plus bel hôtel de la ville.

Dans une autre enveloppe, le déménagement du président, au printemps 1995. Ici, Mitterrand penché sur une valise, dans ses appartements privés, à l'Élysée. Là, Mitterrand debout devant sa bibliothèque, donnant des instructions à ses officiers de sécurité, venus l'aider. Des cartons éventrés, partout.

Claire a photographié à plusieurs reprises la chambre encombrée. Des livres et des papiers en vrac au pied du lit. Derrière le fauteuil en cuir noir, dessiné par Charles et Ray Eames, un radiateur à bain d'huile et des tableaux, posés contre le mur. À côté, une carte Vidal-Lablache représentant l'Afrique. Juste au-dessus, un oiseau en verre de Murano. Sur les rayons de la bibliothèque, des bibelots, plusieurs mémentos (« souvenez-vous dans vos prières... »), et des photos : Yvonne et Joseph Mitterrand, ses parents, Robert, le frère de sa mère, mort à 20 ans, le clocher d'une église romane, son épouse Danielle. Il y a aussi deux clichés de lui, plus jeune, avec sa casquette de marin, sans doute pris à Belle-Ile, où il passait quelques jours l'été. L'un est en couleur, l'autre en noir et blanc.

Sur une table basse, au pied de la bibliothèque, un téléphone en bakélite à touches et un vase ancien. Sous le bureau, à côté de la corbeille, le panier de son labrador Baltique. Dans un coin, un sac de la librairie Les Arcades. Et une collection de cannes.

Une autre série de photos a été prise dans son bureau rue de Bièvre, sous les combles. Il porte une veste pied-de-poule, un gilet gris et une cravate bleue à motifs. Il feuillette un livre, de profil. Ou alors il la regarde avec un demi-sourire amusé, devant une bibliothèque en chêne.

Au fond de la boîte cartonnée, Claire retrouve une photo où ils marchent tous les deux, sur un chemin de campagne. Il porte un pantalon beige, qui remonte très haut, et un polo Lacoste. Il s'appuie sur un bâton. Avec ses baskets et sa jupe en jean, elle a l'air d'une enfant.

Cette année-là, il a 72 ans et elle en a 22.

Claire est partout. Dans les couloirs de l'Élysée, les tribunes officielles, les avions de la République. Mais personne ne la voit. Personne ne sait non plus qui elle est. À chaque fois, elle se dérobe, insaisissable.

Ce dernier amour, qui a duré huit ans, jusqu'à la mort de Mitterrand, est resté caché pendant trente ans.

— Toi aussi, tu écriras, lui disait-il.

Il ajoutait : comme les autres.

Elle n'a jamais su s'il l'encourageait, lui donnait sa bénédiction, ou formulait, désabusé, un reproche.

Elle s'est souvenue de cette phrase quand elle a décidé de me raconter son secret.

I.

Prélude

— Vous m'aimez ?

— Tu m'intéresses.

— Ce n'est pas assez.

— Quoi ? Tu veux être aimée pour ton âme ?

— Évidemment !

— Tu es une rêveuse. Tu ne te rends pas compte que ton avenir est devant toi et le mien derrière.

C'est à la fin qu'elle m'a raconté les commencements.

Quand j'interrogeais Claire sur les raisons l'ayant conduite à rencontrer, si jeune, François Mitterrand, elle esquivait, ajoutait, en riant, que ça ferait l'objet d'un deuxième livre. Je n'arrivais à rien. Au fond, je crois qu'elle avait peur d'être jugée, de paraître singulière, un peu ridicule peut-être, parce qu'elle avait espéré, attendu, cherché le président de la République pendant quatre ans. Parce qu'elle l'avait voulu.

Au départ, m'explique-t-elle, c'est une passion politique.

En 1984, Claire a 18 ans. Elle vient d'arriver de Limoges à Paris pour faire son droit, quittant avec soulagement un milieu provincial et bourgeois, sans joie. Son père travaille dans l'industrie, il a plutôt bien réussi ; sa mère est au foyer. Elle a un frère et une sœur, plus âgés, qu'elle aime bien mais avec lesquels elle ne partage rien.

Ses parents ne s'entendent pas. Ils vivent dans une maison confortable, sans charme. Le père de Claire, raide et autoritaire, possède aussi un appartement à Paris, où il passe une partie de la semaine, prétextant des impératifs professionnels. Quand sa femme suggère d'y installer toute la famille, il répond que l'air de la capitale n'est pas bon pour les enfants et qu'il vaut mieux qu'ils restent en province.

Ils ont toujours voté à droite. À l'unisson de la bourgeoisie française, ils ont paniqué à l'élection de François Mitterrand le 10 mai 1981. Ce jour-là, puis le lendemain, de retour au lycée, Claire a envié l'excitation de ses amis, qu'elle ne pouvait partager, tiraillée entre les convictions familiales et des idéaux de gauche séduisants qu'elle n'a pas encore faits siens.

En arrivant à Paris, elle veut se rattraper. Elle prend sa carte au parti socialiste, s'investit dans le syndicalisme étudiant, milite à gauche. Mitterrand, pourtant, ne fait déjà plus rêver. Depuis le tournant de la rigueur, le peuple de gauche a compris qu'il ne changerait pas la vie. Les élections européennes du printemps 1984, où Claire vote pour la première fois, sont catastrophiques pour le pouvoir. « Peut-il encore gouverner ? » titre *L'Express*.

L'étudiante trouve ces critiques injustes. Dans les couloirs de sa fac de droit, auprès de ses amis aussi, elle défend ardemment le président. Paris l'a sauvée de l'ennui et de la tiédeur mais ça ne suffit pas, elle a besoin de sens et de grandeur, d'intensité. L'abolition de la peine de mort, qui a marqué le début du septennat, l'a emportée, fait vibrer. La gauche et ses idéaux deviennent sa cause.

François Mitterrand, une idole.

Elle se met en tête de le rencontrer.

Je demande à Claire une photo d'elle à cet âge-là, 18 ans.

L'étudiante en première année de droit se trouve devant les grilles du jardin du Luxembourg, pas très loin du petit appartement lumineux qu'elle occupe, entre l'église Saint-Germain-des-Prés et l'église Saint-Sulpice, sous les toits. Son meilleur ami Benoît est à ses côtés. Lui s'est inscrit en économie. Les deux jeunes gens se sont connus à Limoges, et ne se quittent plus. Au lycée, lors d'interminables après-midi d'hiver ternes et froids, ils passaient des heures ensemble dans les cafés du centre-ville à imaginer à quoi ressemblerait leur vie future, à Paris.

Sur cette photo, prise à l'été 1984, Claire porte un jean délavé, taille haute, une marinière, des bottines en cuir et une sacoche souple, en bandoulière. La bouche légèrement ouverte, elle fixe l'objectif d'un regard volontaire. Elle a les yeux verts, très clairs. De la main gauche, elle effleure ses cheveux bruns et souples, coupés mi-long. Elle est belle.

À sa droite, Benoît l'observe avec un léger sourire, admiratif et tendre. Il n'est pas grand. Il a les cheveux raides, coupés court, le nez fin et busqué, les yeux bleus, l'air appliqué. Il porte un tee-shirt blanc et des Converse.

Les deux amis sont heureux d'être ensemble, ils se sentent plus forts pour affronter une réalité parisienne qui ne ressemble pas à leurs rêves d'avant. Ils imaginaient conquérir le monde mais se sont retrouvés perdus parmi des milliers d'étudiants, parisiens ou provinciaux, comme eux, isolés dans des appartements minuscules, avec peu d'amis, encore moins de relations. Tous deux ont besoin de continuer de rêver.

Claire a parlé de son projet à Benoît. Le garçon trouve l'idée réjouissante. François Mitterrand leur offre un prétexte, l'élan qu'ils attendaient.

C'est par la rue de Bièvre, où Mitterrand vit encore une partie du temps, qu'ils décident de commencer. Ils descendent à la station Maubert-Mutualité, passent et repassent devant l'immeuble XVIIe de guingois où François et Danielle ont acheté plusieurs étages au début des années soixante-dix. Ils ont appris à ruser pour ne pas se faire repérer par les policiers qui surveillent le domicile du président de la République et la rue, barrée des deux côtés. Avant de s'élancer, Claire et Benoît décident s'ils prendront un air flâneur ou affairé, marchent jusqu'au quai, jettent un regard discret vers le numéro 22, reviennent sur leurs pas.

Ils ne peuvent pas répéter la manœuvre à l'infini. Le café au coin de la rue de Bièvre et du boulevard Saint-Germain est un excellent poste d'observation, même si leur budget d'étudiant ne leur permet pas de s'y installer trop souvent, ni longtemps. À côté, une cabine téléphonique. Ils s'enferment dans l'habitacle vitré et engagent la conversation avec un interlocuteur imaginaire, pour se donner une contenance. Ils passent des heures comme ça, à attendre le président qui n'arrive pas. Le kiosque à journaux finit par fermer, puis le café. Les badauds pressent le pas, s'éloignent. Ils aiment l'intimité du soir, veulent être seuls pour l'aborder quand il viendra.

D'abord imaginées comme un jeu, ces visites rue de Bièvre deviennent un rituel. Claire et Benoît s'y rendent aussi souvent que possible, après avoir dîné au restaurant universitaire de Mabillon, le cœur léger ou exalté. Ils repartent déçus, fatigués, parfois transis de froid, jamais découragés. Surtout, ils s'amusent, ils rient, évoluent dans un monde imaginaire dont eux seuls ont les codes. Ils chérissent leur secret.

Entre eux, ils l'appellent le petit prince.

Le 12 juillet 1984, les deux amis se retrouvent chez Claire pour suivre à la télévision une allocution présidentielle très attendue. Depuis plusieurs semaines, les défenseurs de « l'école libre » manifestent contre le projet du gouvernement qui prévoit l'intégration dans la fonction publique des professeurs des écoles privées en échange des subventions accordées. L'Église redoute que l'État prenne ainsi le contrôle des établissements catholiques. La manifestation géante qui a rassemblé plus d'un million de personnes à Paris, le 24 juin, a fragilisé le gouvernement de Pierre Mauroy.

Ce soir de juillet, François Mitterrand annonce sur TF1 le retrait de la loi Savary et la tenue d'un référendum sur les libertés. Claire et Benoît sont épatés : le président s'est sauvé d'un mauvais pas, tout en retournant la situation en sa faveur, pensent-ils devant la télévision. Les deux amis l'imaginent sortir du studio, monter dans sa voiture, rentrer chez lui pour dîner.

— Et si on allait voir ? lance Claire.

Ils partent à pied, dans la douceur du soir. À peine arrivés au coin du boulevard Saint-Germain et de la rue de Bièvre, trois R25 bleu marine aux vitres teintées les dépassent, tournent à gauche, s'engouffrent dans la ruelle, s'arrêtent. Le convoi est accompagné de plusieurs motards. Les deux amis se regardent, affolés : vite ! Ils courent, slaloment entre les curieux qui se sont agglutinés en voyant passer le cortège, franchissent les barrages policiers, avant de se faire ceinturer par des officiers de sécurité au niveau de la première voiture, d'où vient tout juste de sortir François Mitterrand. Claire le regarde s'éloigner, consternée. Elle note que la lumière du porche, au-dessus du numéro 22, vient tout juste de s'allumer, alors que la nuit n'est pas encore tombée. Les policiers forment une haie. Quelques mètres derrière, Benoît ne se trouve pas en meilleure posture. Et le président a déjà la main posée sur la lourde porte vert foncé, il va entrer. Alors elle crie. Claire se met sur la pointe des pieds et elle crie. Monsieur le président ! Mitterrand s'arrête, regarde derrière lui, cligne des yeux.

— Qu'est-ce que c'est ?

Il ne voit rien. Claire crie plus fort. Il se retourne encore, cherche d'où vient cette voix, grave et insistante, qui l'interpelle. Les policiers s'impatientent.

— Laissez approcher, ordonne-t-il.

Claire se dégage et se dirige vers lui. Le président est maquillé, il n'a pas retiré l'épaisse couche de fond de teint qu'on lui a appliquée pour son intervention télévisée. C'est la première fois qu'elle le voit de près et il est grimé. Elle lui demande si Benoît, coincé un peu plus loin, peut les rejoindre.

— Oui ? interroge enfin Mitterrand. Bonsoir !

— Bonsoir Monsieur le président, commence Claire, on voulait vous dire que vous aviez été formidable ce soir !

— Oh ! Vous m'avez vu ? sourit-il, amusé.

— Oui ! Quel coup, ce référendum ! Vous retournez la situation, vous coupez l'herbe sous le pied de l'opposition, c'est génial.

Surpris par l'apparition soudaine de ces deux jeunes admirateurs, le président les écoute gentiment le féliciter pour son habileté politique. Il s'enquiert de leurs noms, de leurs études. Claire est reçue en deuxième année de droit, Benoît va devoir repasser quelques matières en septembre. Ils bavardent aimablement sur le trottoir tous les trois, avant que Mitterrand ne prenne congé.

— J'ai encore du travail mais revenez, j'aurai plus de temps. Vous voyez, c'est facile de me voir !

En partant, les deux étudiants sont de nouveau arrêtés par les policiers, qui exigent de voir leurs papiers.

— Laissez tomber…, soupire un garde du corps.

Claire et Benoît se sont raconté cette scène cent fois. Ils ne sont jamais d'accord. Elle a eu l'impression que le président ne s'intéressait qu'à Benoît, quand il parlait, tandis que ce dernier lui assure que c'est elle, au contraire, que Mitterrand regardait. Ce soir-là, ils se promettent de revenir le voir, puisqu'il l'a si gentiment proposé. Sinon, il va nous oublier et il faudra tout recommencer, se dit Claire.

Pour la première fois, elle redoute les grandes vacances.

Elle y pense tout l'été. À la rentrée, Claire et Benoît recommencent à traîner rue de Bièvre. Le cortège présidentiel surgit devant eux, un soir de septembre. Il est tard, 23 heures passées. Claire et Benoît parviennent une nouvelle fois à forcer les barrages policiers et se faire remarquer. Mitterrand les reconnaît mais il est pressé. Il les gronde un peu, leur dit que ce n'est pas une heure très décente pour passer le voir. En voyant leurs mines consternées, il se radoucit, les interroge gentiment sur leurs vacances.

— J'étais à Seignosse, répond Claire.

— Dans les Landes ! C'est à côté de chez moi ! Vous auriez pu…

Il s'interrompt, les invite à venir un peu plus tôt la prochaine fois.

— Monsieur le président, nous aimerions vous voir plus tranquillement, insiste Claire.

— Appelez-moi à l'Élysée, ce sera plus simple, répond Mitterrand.

Avant se s'engouffrer sous le porche du 22, il se retourne, leur sourit :

— À plus tard, hein ?

Les deux amis sont déçus mais se réjouissent d'avoir été reconnus.

Ils téléphonent à l'Élysée quelques jours après. La secrétaire particulière promet qu'elle transmettra mais personne ne rappelle. Claire et Benoît n'osent plus planquer rue de Bièvre. Leur stratégie est à revoir. Ils décident de tenter de croiser le président à l'occasion d'un déplacement, à Paris ou en province. Reste à mettre la main sur l'agenda du chef de l'État, qui n'est pas accessible au public. Il faut lire les journaux entre les lignes, deviner où il ira.

Ils commencent à mener l'enquête, patiemment.

Au début du mois d'octobre, Claire se fait embaucher au salon de l'automobile qu'inaugure François Mitterrand tous les ans. Vêtue d'un uniforme rouge qu'elle trouve ridicule, l'étudiante travaille pendant quinze jours comme hôtesse dans un stand de pièces détachées, s'ennuyant à mourir. Elle s'est procuré une invitation pour Benoît. Le jour de l'inauguration, les yeux du président se posent furtivement sur les deux jeunes gens, dans la foule. Il leur fait un petit signe de la main, de loin. N'insistons pas, conseille Benoît, il est sans doute gêné de nous parler en public.

Un mois plus tard, Mitterrand est attendu en Alsace, le 23 novembre. Claire et Benoît se donnent rendez-vous porte d'Orléans, la veille à 9 heures. Le ciel est noir, il commence à pleuvoir. Serrés l'un contre l'autre sous un large parapluie, tremblant de froid, les deux étudiants attendent qu'on les prenne en stop. Ils atteignent enfin Strasbourg à bord d'un semi-remorque, à 7 heures du soir. Les murs de la ville sont couverts d'affiches hostiles à la venue du président socialiste. En passant, Claire en déchire quelques-unes avec la pointe de son parapluie.

Ils dorment chez des cousins de Benoît. Le lendemain, ils trouvent l'hôtel préfectoral barricadé, impossible d'entrer. Mitterrand, qui s'y est arrêté, doit d'abord présider une cérémonie militaire dans le centre-ville avant de rejoindre Mutzig, à 20 kilomètres de Strasbourg. Claire et Benoît décident de s'y rendre sans attendre. Ils mettent une demi-journée à atteindre le petit village alsacien, qui s'est joyeusement préparé à la venue du président. Ruelles pavoisées, circulation coupée. Sur la place, jalonnée de maisons à colombages, plusieurs milliers de personnes se pressent derrière des barrières. Le cortège arrive bruyamment, François Mitterrand descend. Passés maîtres dans l'art de déjouer les services de sécurité, Claire et Benoît se mêlent à l'imposante délégation qui suit le président jusqu'à la mairie. En attendant que ce dernier ait fini son discours, ils se postent devant la porte d'entrée, espérant ainsi l'intercepter. Avant de quitter l'hôtel de ville, Mitterrand les aperçoit.

— Ah bonjour, vous êtes là !

— Oui, on est venus pour vous voir !

— C'est sympathique ici, hein ? poursuit-il avant de les interroger encore une fois sur leurs études.

Il les présente à Danielle :

— Tu sais, ce sont mes amis étudiants, dont je t'ai parlé. Ils viennent me voir de temps en temps rue de Bièvre, pour discuter.

L'épouse du président ne semble pas partager l'enthousiasme de ce dernier. Elle leur tend une main molle en les examinant d'un regard distant, avant de s'en aller. Lui, reste un moment pour leur parler. Caché derrière les épaules du garçon, il sort soudain un peigne de sa poche et se recoiffe.

Il est en confiance avec nous, se dit Claire.

— Je dois y aller maintenant, abrège Mitterrand. À plus tard.

Les deux amis le regardent s'éloigner dans la nuit.

Ils ne savent pas comment ils vont rentrer.

Longtemps après, Claire s'est interrogée sur la finalité de cette quête insensée. Encore aujourd'hui, elle semble ne pas avoir toutes les clés. Bien sûr, il y avait la politique, le pouvoir. Paris à conquérir. Mais pas seulement. Il y avait aussi une part de jeu. Et puis, ce secret, qui les soudait, elle et Benoît, n'appartenait qu'à eux. Elle sentait une ferveur autour de cet homme, à laquelle elle désirait communier. Elle voulait faire partie de la famille, du clan. Être adoptée.

Ils ont parfois de la chance. Un oncle de Claire, haut fonctionnaire au ministère de l'Intérieur, lui propose de l'accompagner à la réception annuelle des préfets à l'Élysée. Il connaît l'admiration de sa nièce, qu'il invite de temps en temps à déjeuner place Saint-Augustin, au mess des officiers, pour le président socialiste.

— Tu sais bien, ta tante déteste Mitterrand, précise-t-il au téléphone, elle ne veut pas venir avec moi. Viens donc, toi !

Claire retrouve son oncle le 28 novembre, à l'heure dite, dans la queue qui s'est formée devant le 55 de la rue du Faubourg Saint-Honoré. Sa tante est là, finalement. Elle n'a pu résister aux attraits du palais. Confus, tous deux expliquent à leur nièce qu'ils ont essayé en vain de la joindre pour lui demander de ne pas venir. Le haut fonctionnaire tente de dissuader Claire d'entrer mais la jeune fille insiste. Pendant que se tient le conciliabule familial, la file d'attente s'est réduite. C'est leur tour de présenter leurs cartes d'identité aux gendarmes de la loge. Claire se faufile sans se faire remarquer.

C'est la première fois qu'elle entre à l'Élysée.

Un buffet a été dressé dans la salle des fêtes, la vaste pièce de réception du rez-de-chaussée, qui ouvre sur le parc. Lourdes tentures rouges, lustres étincelants et boiseries dorées. Claire suit sagement son oncle et sa tante, avant de les abandonner pour faire le tour de la pièce. Un vieux préfet engage la conversation près du buffet, se lançant dans un long monologue sur lui-même et sa carrière. Elle écoute à peine. Entouré d'une petite société fiévreuse et aplatie, le président de la République apparaît enfin. À tour de rôle, chacun des préfets vient se présenter, l'invitant à visiter une usine, une école ou une exploitation agricole, dans son département.

— Oui, oui, je viendrai, murmure Mitterrand, qui les salue l'un après l'autre, les yeux mi-clos, un vague sourire flottant sur ses lèvres pincées.

Claire se glisse dans la longue file. Quand elle arrive à sa hauteur, le président lui tend mécaniquement la main avant de la dévisager, surpris.

— Vous ne me reconnaissez pas ? demande-t-elle.

— Si, bien sûr, mais qu'est-ce que vous faites là ? Comment êtes-vous entrée ?

Il la détaille de haut en bas, sourit.

— Vous êtes chic !

— Les lieux l'exigent, sourit-elle à son tour.

Puis, très vite, avant qu'il ne poursuive :

— Nous avons fait comme vous nous l'aviez demandé, nous avons appelé plusieurs fois l'Élysée mais nous sommes bloqués au standard !

— J'avais prévu de vous inviter… à petit-déjeuner, improvise Mitterrand, comme s'il devait se justifier. Comme ça, on aura le temps de discuter, hein ?

— Mon téléphone est coupé en ce moment, vous ne pourrez pas me joindre.

— Vous n'avez pas payé ? s'amuse le président.

Claire explique qu'il y a des travaux dans son immeuble. Il faut donc lui écrire.

— D'accord, j'écrirai.

— Vous n'avez pas mon adresse, fait-elle remarquer avant d'arracher une page à son agenda.

Mitterrand se tourne vers l'homme qui le suit depuis le début de la réception.

— Charasse, un stylo !

Le fidèle conseiller tend un stylo plume à la jeune fille brune, avant de lui présenter les paumes de ses mains, qu'il joint pour faire un lutrin. Claire donne le bout de papier à Mitterrand qui le glisse dans une poche de sa veste.

— Vous écrirez ? insiste-t-elle.

— Oui, à plus tard, promet-il en partant.

Cette fois, elle sait qu'il a mordu. Le vieux préfet avec qui elle parlait tout à l'heure a suivi la scène de loin. Il s'approche.

— Vous connaissez le président ? demande-t-il,

mielleux. On ne va pas tarder à vous retrouver à son cabinet alors, il adore les jolies filles !

Claire toise le haut fonctionnaire indélicat avant de s'éclipser. En sortant de l'Élysée, elle se hâte vers une cabine téléphonique pour raconter l'épisode à Benoît.

Elle sent qu'il est un peu jaloux.

Elle se souvient de tout.

Du jour, le 6 décembre 1984.

De l'heure, 6 heures du soir.

Des lumières de Noël, dans la nuit froide.

Pour échapper aux travaux dans son immeuble, Claire s'est installée chez son père, dans l'ouest parisien. Elle passe chaque jour rue du Four relever son courrier. Ce soir-là, Benoît l'accompagne, ils ont prévu d'aller au cinéma, puis dîner dans le quartier.

Au fond du hall d'entrée se trouve un miroir, ou plutôt une grande glace, très haute, de celles qui tapissent les halls d'immeubles parisiens.

Un petit papier bleu a été scotché au milieu, avec le nom de Claire écrit dessus.

Les deux amis reconnaissent la couleur et le grain des télégrammes. Onéreux, ce moyen de communication s'utilise alors très peu, c'est en tout cas la première fois que Claire en reçoit un.

Il est barré du mot « officiel ».

Le contenu est bref : « Dans l'impossibilité de vous joindre au numéro indiqué, pouvez-vous appeler dans la journée Marie-Claire Papegay au secrétariat de François Mitterrand au 292.81.00. Merci. »

Ils courent jusqu'à Odéon, s'engouffrent dans une cabine téléphonique, composent le numéro du standard de l'Élysée. Ils doivent s'y reprendre à deux fois. On finit par leur passer le secrétariat particulier. Marie-Claire Papegay, l'une des quatre secrétaires de François Mitterrand, la plus dure, la plus secrète aussi, les gronde :

— Ça fait trois jours que j'essaye de vous joindre ! Le président voulait vous inviter demain matin pour le petit déjeuner mais il a dû prendre un autre rendez-vous maintenant. Je vais voir si c'est encore possible. À quel numéro puis-je vous rappeler ?

Claire explique une nouvelle fois qu'elle a dû déserter son appartement de la rue du Four où le téléphone est coupé.

— Je l'avais dit au président, s'excuse-t-elle. C'est nous qui vous rappellerons.

— Pas avant 20 heures, ordonne la secrétaire.

En raccrochant, Claire regarde son ami, consternée.

— Et si jamais… ? Tu n'as même pas de cravate !

Sans savoir si le rendez-vous sera confirmé, ils courent acheter un pantalon noir et une cravate rayée pour Benoît. À l'heure dite, ils rappellent le palais. François Mitterrand les attend le lendemain, à 9 heures et demie. La secrétaire répète 9 heures et demie, en articulant. Il faudra passer par le « 55 », l'entrée officielle du palais, rue du Faubourg Saint-Honoré. Et surtout ne pas être en retard.

Ils ont gagné.

Les deux amis refusent de se quitter. Benoît ira chercher chez lui une veste, une chemise et des mocassins, puis rejoindra Claire chez son père. Il leur reste si peu de temps pour se préparer. Ils commencent par une séance d'essayage, qui tourne au fiasco. Le chemisier crème de Claire, agrémenté d'un petit foulard léopard, fera l'affaire. Mais le pantalon acheté à la hâte pour Benoît boulevard Saint-Germain est trop long. Ils improvisent un ourlet.

— Comment se tient-on devant un président de la République ? se demandent-ils ensuite.

Ils listent quelques règles de bienséance :

1. Lui donner toujours du « Monsieur le président ».

2. Ne pas commencer à manger avant lui.

3. Ne pas manger d'orange ou de mandarine, trop risqué : le jus pourrait gicler et le tacher.

4. S'il y a des œufs, ne pas saucer avec le pain. Regarder comment il s'y prend et l'imiter.

5. Règle absolue : rester eux-mêmes et surtout ne pas le quitter sans avoir obtenu un autre rendez-vous.

Ils rient, se chamaillent, passent de l'excitation à l'angoisse. Reste l'essentiel : ils ont voulu rencontrer le président, que lui dire ou lui demander ? Ils feuillettent un livre sur la vie de François Mitterrand, relèvent une série de thèmes, préparent des fiches. Ils l'interrogeront sur sa jeunesse, la guerre, l'arrivée au pouvoir mais aussi sur plusieurs sujets d'actualité. Ils apprennent leurs questions par cœur, se distribuent les interventions, imaginent le meilleur, comme le pire. Et s'ils bafouillent ? Et si le président a convoqué la presse, comme Giscard en son temps, avec les éboueurs ? Et s'il ne décroche pas un mot ? Il ne faut pas qu'il y ait de silences, ce serait embarrassant. Ils veulent être parfaits. La nuit est avancée. Claire se retire dans la chambre de son père, absent. Benoît s'allonge sur le canapé du salon. Ils dorment peu.

Le bus 52 les dépose devant l'hôtel Bristol. Ils traversent la place Beauvau, laissent le ministère de l'Intérieur sur leur gauche, longent la rue du Faubourg Saint-Honoré, grisés d'emprunter le trottoir qui borde le palais, interdit aux piétons. Ils présentent leurs papiers à la loge d'honneur.

— Nous avons rendez-vous avec le président de la République, lance Benoît d'une voix faussement assurée.

Le gendarme hausse les épaules.

— Nous allons voir, soupire-t-il en décrochant un téléphone.

— J'ai là deux jeunes personnes qui prétendent avoir rendez-vous avec le président.

Un silence.

— Entendu, je les fais monter… Ah ? Les appartements privés ? Très bien…

Claire et Benoît échangent un regard. Accompagnés par un gendarme, ils contournent la cour d'honneur, pénètrent dans une aile latérale, prennent un modeste escalier. Tout paraît vieillot et fatigué, dans ce palais militaire. Ils sont introduits au premier étage. Un huissier en livrée prend le relais. Il les précède dans un vaste salon-salle à manger percé de quatre fenêtres et leur demande de patienter. Les deux amis détaillent le mobilier, contemporain. La table est composée d'un plateau en bois clair posé sur un large pied central fait de tiges de fer entrecroisées. Le couvert a été dressé pour trois personnes. Un maître d'hôtel entre et sort de la pièce, avec des corbeilles de fruits, des viennoiseries et des pots de confiture maison. Au plafond, entre les moulures, un ciel peint. Claire et Benoît se serrent dans le profond canapé d'angle en cuir, couleur caramel, qui fait face à la cheminée dans laquelle un feu est allumé. Ils se sentent minuscules. Infiniment privilégiés, aussi. Ils observent les nombreuses portes de la pièce, une de chaque côté de la cheminée, une troisième dans leur dos, en se demandant par où il va entrer. Mais le voilà déjà, juste derrière eux. L'huissier a à peine eu le temps d'aboyer « Monsieur le président de la République » que ce dernier se tient devant ses hôtes, vêtu d'un costume sombre, l'air encore un peu endormi.

Il est tout petit, se dit Claire, qui ne l'avait jamais noté.

— Bonjour, comment allez-vous ? lance François Mitterrand en leur serrant rapidement la main. Passons tout de suite à table, voulez-vous ?

Il place Benoît à sa droite, Claire en face de lui, ordonne d'un geste que le petit déjeuner soit servi. Les deux amis comprennent qu'il n'a pas l'intention de s'attarder. Il fait tourner le plateau central pour attraper la théière. La conversation s'engage, laborieuse. Le président ne semble pas vraiment savoir ce qu'il fait là, ni pourquoi il a convié à sa table ces deux jeunes gens entreprenants. Il masque difficilement son impatience. On leur sert le café et le jus d'orange, puis des œufs au plat. Mitterrand n'en veut pas mais ses invités n'osent pas refuser. Ils échangent un regard navré.

— Alors, qui êtes-vous ? commence Mitterrand. Parce que, finalement, je ne vous connais pas très bien.

Claire et Benoît se présentent à nouveau, un peu vexés de devoir répéter ce qu'ils lui ont déjà dit plusieurs fois.

— Quel âge avez-vous ?

— Dix-huit ans, dit Claire.

— Vingt ans, ajoute Benoît.

— C'est à peu près l'âge que j'avais quand j'étais moi-même étudiant, enchaîne Mitterrand en expliquant qu'il a fait son droit en même temps que Sciences-Po.

Il leur raconte sa vie d'étudiant au « 104 », ce foyer catholique de la rue de Vaugirard tenu par des pères maristes, où le jeune bourgeois de province qu'il était a passé ses premières années parisiennes. Il portait des chaussettes blanches et des knickers. Lisait Baudelaire, Claudel et Mauriac. Arpentait les librairies, les cinémas et les cafés du Quartier latin, dont le Biarritz, boulevard Saint-Germain. Il évoque brièvement une thèse de sociologie politique sur la Tchécoslovaquie, qu'il avait entreprise avant de l'interrompre, à cause de la guerre.

— Vous n'avez pas eu l'occasion de vous y remettre après ? demande Benoît.

— Non, les circonstances avaient changé. Mais j'aurais bien aimé être professeur. On n'a pas beaucoup de travail, ça laisse du temps pour voyager, c'est agréable...

Il poursuit : la guerre, l'arrestation, ses multiples évasions, sa première rencontre avec le général de Gaulle, à Alger. Il grimace :

— Déjà, là, on ne s'est pas entendus !

Puis il raconte comment il a pu quitter l'Algérie en avion grâce à un ami de ses parents, un oncle de Camille Claudel.

— La maîtresse de Rodin..., lance Benoît.

— Oui, c'est ça, acquiesce le président.

— On dit qu'elle aurait même laissé Rodin signer certaines de ses œuvres, s'enhardit l'étudiant.

— L'amour, ça fait faire n'importe quoi, soupire Mitterrand.

Claire le tire de sa rêverie.

— Comment êtes-vous entré en politique ?

— Par hasard..., répond le président.

Il explique qu'il a d'abord fondé un mouvement d'anciens prisonniers. À la Libération, il s'est emparé avec une poignée de partisans du commissariat aux prisonniers de guerre, revolver au poing.

Claire note qu'il dit « revolver » sans prononcer le « é ».

— On est rentrés dans les bureaux du commissaire général, continue-t-il. J'étais devant lui et je lui ai dit : « Eh bien maintenant, c'est moi ! » Voilà. Je suis devenu secrétaire général des victimes de guerre, je m'occupais des gens qui avaient eu des problèmes pendant cette période…

Insatiables, Claire et Benoît l'interrogent sur les institutions, l'éventualité d'une cohabitation, l'organisation du référendum, annoncé cinq mois plus tôt, le 12 juillet. Ils évoquent ensuite le marxisme, le socialisme, le mitterrandisme. Mitterrand leur rappelle qu'il n'a jamais été marxiste.

— De Marx, je retiens la lutte des classes, lâche-t-il cependant.

Claire veut qu'il définisse le socialisme. Il hausse les épaules.

— Vous savez, le socialisme, ce n'est pas vieux. Il y a eu l'expérience ratée de la Commune. Le Front populaire en 1936, ça a duré deux ans. Et puis mai 1981, ça va faire bientôt quatre ans… C'est pas mal !

— Et le mitterrandisme, alors ? insiste-t-elle.

— Le mitterrandisme, ça n'existe pas, balaye-t-il avec sa main.

La conversation glisse sur Valéry Giscard d'Estaing et Raymond Barre.

— Barre, c'est un soufflet ! lâche le président.

Il semble complètement détendu désormais. Il se tourne brusquement vers le maître d'hôtel, qui vient d'entrer :

— Quelle heure est-il ?

— Onze heures, Monsieur le président.

— À quelle heure est mon prochain rendez-vous ?

— Dix heures et demie, Monsieur le président.

Mitterrand sourit, avec coquetterie.

— Oh, je suis en retard…

Il se lève. Claire et Benoît regardent une dernière fois autour d'eux, le complimentent pour la décoration du salon. Il leur explique qu'il vient de tout rénover.

— C'est Philippe Starck qui a fait cette pièce.

D'un geste, il les invite à le suivre.

— Venez, je vais vous montrer, dit-il en se dirigeant vers la porte, à droite de la cheminée.

Il l'ouvre, découvrant une pièce noire et blanche.

— Le salon de l'audiovisuel…

Un écran de télévision occupe le centre de la pièce, éclairée par des projecteurs. Mitterrand explique qu'une mini-régie permet de capter par satellite un vaste bouquet de chaînes étrangères. Il s'enorgueillit aussi du grand salon décoré par Marc Held, avec ses moulures laquées de blanc et son secrétaire doté de quarante-trois tiroirs.

— Là, ça a été entièrement refait, explique-t-il encore.

Puis, ils empruntent un couloir. Mitterrand et Claire marchent devant, Benoît les suit. Ils arrivent devant une porte à la peinture écaillée, que le président contemple d'un air désolé.

— Vous vous rendez compte, Giscard m'a laissé ça comme ça.

Tandis que Claire s'offusque, il ouvre la porte.

— C'est la bibliothèque, dit-il devant des étagères à mi-hauteur, plusieurs tableaux posés dessus.

Il s'avance vers une autre porte, laisse la jeune fille brune s'approcher.

— Et ici, c'est quoi ? demande-t-elle.

— La chambre.

— La chambre de qui ? La vôtre ?

— La chambre, répond-il, sans donner plus d'explication, avant de refermer hâtivement la porte, empêchant Benoît de pénétrer.

— Et votre bureau ? poursuit Claire.

— Ce n'est pas de ce côté, élude Mitterrand, c'est loin.

Il prend enfin congé.

— À plus tard ? dit-il, en leur serrant la main.

Claire demande où ils peuvent lui écrire.

— Rue de Bièvre, c'est plus sûr, répond le président. Vous écrivez « personnel » sur l'enveloppe.

Benoît, qui aimait dessiner, a peint son amie ce jour-là, assise bien droite dans le canapé en cuir caramel des appartements privés. Au dos du tableau, il a écrit : « L'amour, ça fait faire n'importe quoi. »

Ils lui écrivent aussitôt pour le remercier. Mitterrand ne répond pas. Début janvier, Claire reçoit une carte de vœux stéréotypée de l'Élysée. Le président a signé de sa main et ajouté un « bien à vous », à l'encre bleue.

Ils continuent de lire tout ce qui le concerne.

Début 1985, ils apprennent qu'il doit inaugurer la grande halle de la Villette. Ils s'y rendent sans carton et se font refouler à l'entrée. Déconfits, les deux étudiants voient passer ministres, députés et célébrités sur le tapis rouge. Quand arrive le ministre de l'Éducation nationale, Jean-Pierre Chevènement, Claire, que plus personne n'impressionne, l'interpelle :

— Monsieur Chevènement, nous sommes étudiants, vous êtes un peu notre ministre, faites-nous entrer, s'il vous plaît !

Chevènement les regarde interloqué, puis attrape Claire par le bras. Benoît les suit en trottinant.

À l'intérieur de la grande halle, les deux amis repèrent immédiatement le halo de lumière dans lequel il évolue. Suivi par un essaim de photographes et de caméras, le président descend lentement d'une mezzanine par un escalier en fer. Claire et Benoît l'attendent en bas, au premier rang. Les invités poussent derrière, pour approcher, mais ils résistent, tiennent leur position. Mitterrand se trouve à mi-parcours quand il les voit. Il leur sourit, descend les dernières marches, va droit sur eux.

— Vous êtes venus ! dit-il, comme avec gratitude.

— Oui, pour vous voir, répondent d'une même voix Claire et Benoît.

Des curieux se hissent derrière leurs épaules pour tenter d'écouter la conversation. Claire se penche à l'oreille de Mitterrand.

— On aimerait vous revoir mais on ne sait pas comment faire.

Il répond à voix basse.

— Passez me voir un soir rue de Bièvre… ?

— D'accord, on viendra !

Le président les quitte avec un « à plus tard ».

Comme à chaque fois, Claire y voit un encouragement.

Ils ne sont pas mécontents de retrouver la rue de Bièvre, familière, où ils peuvent traîner et l'attendre en paix, s'épargnant la foule et les acrobaties. Claire s'en rend-elle compte ? Il y a des pensées qu'elle n'ose plus partager avec Benoît. La dernière fois qu'ils ont vu Mitterrand, elle a eu envie de l'effleurer, le sentir plus près. Avec vigueur, elle repousse cette idée. Mais son ami l'a vu et l'a senti. Il lui demande si elle n'est pas en train de tomber amoureuse. Claire nie, indignée.

Un soir de mars, ils entendent le cortège arriver, de loin. Les habitudes du président et de son clan n'ont plus de secrets pour eux désormais. Les trois voitures sombres surgissent au coin du boulevard, suivant le même protocole. Mitterrand est à peine surpris de les voir là.

— J'ai reçu votre petit mot, dit-il d'emblée, il était très gentil, merci. Je l'ai gardé.

— Nous aimerions beaucoup vous revoir, dit Claire, mais ce n'est pas évident d'arriver jusqu'à vous.

Le président semble juger cette plainte malvenue. Comme si c'était aussi à ces difficultés surmontées qu'ils devaient le privilège d'être reconnus.

— Téléphonez-moi à l'Élysée, suggère-t-il une nouvelle fois.

Claire sent bien qu'elle ne devrait pas insister mais ne peut s'en empêcher :

— Votre secrétaire fait barrage…, rétorque-t-elle.

— Ça marche comme ça, admet Mitterrand, en haussant les épaules.

Il répète qu'il est joignable.

— Appelez-moi, hein ? 292.81.00, ajoute-t-il en mimant la composition du numéro sur le cadran.

Ils ont un nouveau rendez-vous avec lui.

À quoi pouvait bien penser François Mitterrand en rencontrant Claire et Benoît, partout où il allait ? Parfois, il ne se passait presque rien. Un simple échange de regards ou un signe de la main. La plupart du temps, il s'arrêtait pourtant, amusé, touché peut-être, par leur persévérance.

Claire me montre une photo, prise le jour d'un déplacement en province : Mitterrand échange avec une jeune femme brune, vêtue d'un imperméable. Elle semble parler tout bas puisqu'il se penche légèrement pour l'entendre. Il sourit à moitié, attentif et doux.

— Et si on allait voir le petit prince ?

Ils sortent de la Sorbonne à la hâte, attrapent le bus 83, rejoignent l'arrière du véhicule. Le nez collé à la vitre, ou bien dehors sur la margelle, ils voient défiler les beaux quartiers. Le boulevard Raspail et le boulevard Saint-Germain, le quai d'Orsay, puis le pont des Invalides. Ils passent devant les antiquaires et les grands couturiers du VIIIe arrondissement et descendent à l'arrêt Matignon Saint-Honoré.

Ils se postent sur le trottoir d'en face, en espérant voir le président entrer ou sortir mais cela n'arrive jamais. Ils se contentent alors de regarder la cour d'honneur, bordée de cyprès l'hiver et d'orangers l'été, épiant le ballet des huissiers derrière la porte vitrée.

Ils téléphonent une nouvelle fois à l'Élysée. Ils choisissent un jour, le 21 mars 1985, où il semble n'avoir aucune activité officielle programmée. Ils tentent leur chance un peu avant 15 h 30. La secrétaire particulière prend le message sans les congédier, assure qu'elle transmettra. Elle les rappelle vingt minutes plus tard, leur passe le président de la République. C'est Claire qui tient le combiné, Benoît prend l'écouteur. En bafouillant un peu, elle lui dit qu'ils aimeraient l'inviter à déjeuner pour le remercier de les avoir reçus à l'Élysée. Mitterrand ne dit pas non. Il donne un accord de principe mais pas de date. Il promet qu'il regardera son emploi du temps.

Rien ne se passe.

Et si on demandait de l'aide au Ministre ? propose Claire. Ils ont fait la connaissance de ce membre éminent du gouvernement en marge d'un déplacement officiel. Amusé, ce dernier a noté que le président paraissait charmé par la jeunesse et l'empressement des deux jeunes gens. À son tour, il s'était montré prévenant.

Ils décident de s'en faire un allié.

Un entrefilet dans le journal leur apprend que le Ministre doit présider une cérémonie à Meudon, le dimanche suivant. Claire et Benoît s'y rendent dès l'aube par un train de banlieue vide. Ils longent des maisons aux élégantes façades à la recherche du monument aux morts, le repèrent grâce aux drapeaux brandis par les anciens combattants. Ils se glissent parmi les civils, mimant une attitude digne et recueillie. Le froid est mordant dans le cimetière. Le Ministre avance de quelques pas, dépose une gerbe. Sonnerie aux morts.

Marseillaise. Claire et Benoît attendent la fin de la cérémonie pour l'aborder, alors qu'il se dirige vers sa voiture. Il reconnaît aussitôt les deux étudiants.

— Il faut qu'on vous parle, commence Claire. Nous avons revu le président et aimerions le revoir encore. On a besoin de vos conseils.

Le Ministre sourit.

— D'accord, discutons. Mais pas ici, ce n'est pas le bon moment. Passez me voir au ministère ?

Il fait signe à son chef de cabinet.

— Prenez les coordonnées de ces jeunes gens, je vais les recevoir, il faut qu'on parle.

Puis, dans un sourire plein de sous-entendus :

— Je vous expliquerai…

Le collaborateur s'exécute aimablement, donne sa carte de visite et promet un rendez-vous. Heureux de voir leur audace récompensée, Claire et Benoît s'amusent de s'immiscer ainsi dans les affaires de l'État.

Dans son vaste bureau, le Ministre écoute avec un air de circonstance les deux étudiants assis devant lui.

— Alors, demande-t-il, vous avez revu le président ?

Claire et Benoît lui racontent tout depuis le début. La rue de Bièvre d'abord, les déplacements à sa suite, puis le petit déjeuner auquel ils ont été conviés à l'Élysée. Il est stupéfait.

— Et après ?

— Après, nous l'avons revu à l'inauguration de la Villette, répond Claire. Vous ne le saviez pas ?

— Oui, ça je l'ai su, ment-il.

— Ensuite on l'a croisé une nouvelle fois rue de Bièvre...

Le Ministre hoche la tête.

— Et puis, on lui a téléphoné. Vous le saviez ?

— Pas en détail..., confesse-t-il en passant une main dans ses cheveux. Cette histoire est vraiment incroyable !

Un collaborateur entre dans son bureau, lui fait

signe. Le Ministre s'absente un instant, puis revient s'asseoir et poursuit son interrogatoire.

— Alors, qu'est-ce que vous lui avez dit ?

— On l'a invité à déjeuner.

Il éclate de rire.

— Justement, interrompt Claire, on se demande si on n'y est pas allés un peu fort…

— Non, non, les rassure-t-il, ça lui fait du bien de parler librement, comme ça. Ça le détend et le change de l'Élysée.

— Il a dit qu'il regarderait son emploi du temps mais il n'a pas rappelé, intervient Benoît.

Le Ministre lève les bras :

— Ah ! Mais il a tellement de travail. Il a peut-être oublié, ou il ne sait pas comment faire…

— S'il est d'accord pour venir déjeuner, peut-être pourriez-vous venir aussi ? Il se sentira moins seul, suggère Claire.

— Avec plaisir, acquiesce leur interlocuteur. D'autant qu'il viendra sans garde du corps, je le protégerai. Il est fragile, vous savez.

Claire précise que son appartement est petit et difficile d'accès : d'abord un ascenseur vétuste et bringuebalant, puis un étage à monter à pied. Le Ministre fronce les sourcils.

— Écoutez, c'est une très belle histoire. Je ne pense pas que vous soyez allés trop loin. S'il ne vous a pas appelés, c'est qu'il n'a pas eu le temps. Mais il faut qu'il vienne déjeuner chez vous, je vais lui en parler.

Claire et Benoît n'ont jamais su si le Ministre avait finalement évoqué le sujet avec François Mitterrand. Il ne les a pas rappelés non plus.

Le 8 mai, ils aperçoivent le président place de l'Étoile. Ils échangent un rapide bonjour, de loin. Claire et Benoît commencent à se décourager. La préparation de leurs examens de fin d'année les empêche de suivre aussi attentivement qu'il le faudrait l'activité du chef de l'État, qui nécessite une veille quotidienne. Ils fulminent à chaque fois qu'ils l'ont manqué dans un endroit qui leur semblait facile d'accès.

Les deux amis passent leurs soirées à réviser dans la grande salle de la bibliothèque Sainte-Geneviève, éclairée par la coupole du Panthéon. À la fermeture, ils vont acheter un kebab rue Saint-André des Arts, qu'ils mangent en marchant lentement le long des quais. Ils s'arrêtent ensuite au marché aux fleurs pour se laver les mains à une fontaine.

Certains soirs, ils s'autorisent une escapade aux abords de la rue de Bièvre.

Les jours passent, sans nouvelle de personne.

Ils achètent deux billets au marché noir pour la finale de la Coupe de France de football, le 8 juin 1985.

François Mitterrand n'est qu'une vague silhouette, à l'autre extrémité du stade.

Claire se lie avec un garçon pendant ses révisions à la bibliothèque. Benoît les surprend un soir en train de s'embrasser entre deux cigarettes grillées dans le hall d'entrée. À la fin de l'été, il lui demande de choisir, c'est lui ou moi. Claire refuse de poser l'équation en ces termes, ne veut rien perdre de son indépendance. Elle lui dit qu'ils ne vivent pas la même histoire, qu'il est son meilleur ami, pas son amant. En dernier recours, il menace.

— Si tu ne renonces pas, c'en est terminé de l'Élysée et de la rue de Bièvre !

Elle ne cède pas.

— C'est dommage, conclut tristement Benoît, on ne verra plus le petit prince.

Claire flirte quelques mois avec le garçon de Sainte-Geneviève, puis en rencontre un autre. Elle a de plus en plus d'amis à Paris, multiplie les sorties et s'étourdit, écoute Eurythmics, Depeche Mode, Suzanne Vega et A-ha.

Le petit prince s'éloigne.

Elle continue parfois de se rendre aux cérémonies officielles, seule ou avec une amie. Son oncle, ravi de la voir s'intéresser aux anciens combattants et à l'histoire du pays, lui donne des invitations pour les tribunes. Les bristols sont de couleurs différentes, selon l'importance. La nièce du haut fonctionnaire est toujours déçue en découvrant qu'elle est placée très haut dans les gradins.

Le commissaire chargé de la sécurisation des Champs-Élysées a remarqué la charmante jeune fille brune qui assiste chaque année aux 11 Novembre, 8 Mai et 14 Juillet. Ils se saluent, bavardent un moment. Le policier a fini par penser que c'était pour le voir, lui, qu'elle venait. Il l'aide à s'approcher un peu plus près. Une fois, il lui permet de se tenir sous l'Arc de triomphe, juste derrière les porteurs de drapeaux. Claire s'engage à ne quitter la place assignée sous aucun prétexte.

Un jour, elle rompt sa promesse, s'avançant de quelques pas pour dire bonjour au président, à l'issue d'une visite au musée Clemenceau. Elle est convoquée au commissariat du XVIe arrondissement, pour s'expliquer.

— Vous ne risquez rien, dit-elle au policier, c'est un jeu entre lui et moi, il aime bien que je force les barrages pour arriver jusqu'à lui. Si vous ne me croyez pas, appelez l'Élysée, demandez Marie-Claire Papegay, sa secrétaire personnelle. Je n'ai commis aucune faute et vous non plus.

Le soir, le commissaire la rappelle pour lui dire que l'affaire est réglée, après « intervention de l'Élysée ».

Claire aime se sentir ainsi protégée.

Fin mars 1987, François Mitterrand est attendu pour une visite de deux jours en Franche-Comté. C'est son premier long déplacement en province depuis le début de la cohabitation avec la droite et Jacques Chirac. Claire veut faire mentir le mauvais présage de Benoît. Elle a demandé à une amie de l'accompagner, ça lui donne du courage. Rodée, l'étudiante parvient à se faufiler dans l'enceinte du conseil régional présidé par Edgar Faure, où le chef de l'État doit prononcer un discours. La salle n'est pas bondée et les invités, majoritairement des élus, évitent de se bousculer autour du président. C'est un jeu d'enfant de se hisser au premier rang. Mitterrand la salue avec douceur quand il la voit approcher.

— Oh, vous êtes là ! Comment allez-vous ? Ça fait longtemps…

Claire lui raconte qu'elle est toujours étudiante en droit, en quatrième année désormais. Elle lui présente l'amie qui l'a suivie. Il ne pose aucune question sur

Benoît. Ils parlent quelques instants, puis le président prend congé pour déambuler dans les rues de Besançon, bordées par une foule de socialistes et de curieux. Claire suit la joyeuse délégation, sans que personne ne s'en étonne ou lui demande ce qu'elle fait là. Elle marche au rythme du président, aux côtés des élus, des gardes du corps et des journalistes. Vêtu d'un manteau noir et d'une écharpe rouge, Mitterrand serre les mains qui se tendent, embrasse le front des enfants, s'arrête ici ou là pour échanger. Au passage, une femme lui offre une rose. Le cortège l'attend au bout de la rue. Sans l'avoir cherché, happée puis poussée par la foule, Claire se retrouve à côté de la voiture officielle, coincée entre la portière ouverte et une barrière de sécurité. Le président sourit.

— Vous êtes encore là ?

— Je me suis laissé emporter par la vague, répond Claire avec timidité.

— Il y a du monde !

— Vous avez du succès…

— Oui, hein ?

Il lui dit au revoir et monte dans sa voiture, la portière se referme. Claire n'a pas envie de le voir partir. Derrière la vitre, il tourne la tête et la regarde, quand le cortège démarre. Alors, il lève la main, pas plus haut que son épaule, et lui fait un petit signe avec les doigts. Elle lui fait un signe en retour, la main cachée par son imperméable blanc. La voiture s'éloigne.

Elle a envie de pleurer.

Perdue dans la foule, elle chante « Douce France » avec le groupe Carte de séjour. Puis, elle se met à fredonner un air de Charles Trenet, qui monte sur scène, sous les vivats. Elle crie, communie. Ce 22 avril 1988, François Mitterrand a rassemblé 25 000 personnes au Bourget pour son dernier meeting de campagne. Devant son pupitre tricolore, il marche sur l'eau.

Ce soir-là, Claire a des sentiments mêlés. Éblouie par le discours, saisie par l'émotion, elle souffre de le voir aussi entouré, adulé. Comme si la connivence établie avec lui perdait soudain toute consistance, se dissolvait dans cette fièvre collective. Peut-être le préférait-elle quatre ans plus tôt finalement, quand il était si critiqué, impopulaire, enlisé dans la guerre scolaire. Il y avait alors un certain panache à l'admirer et le défendre. Tandis que revenu en grâce, au seuil d'une écrasante victoire contre son Premier ministre Jacques Chirac, François Mitterrand semble de nouveau inaccessible.

En écoutant la harangue du candidat, dans cette salle surchauffée, elle fait le bilan. Elle avait 18 ans quand elle l'a vu la première fois, rue de Bièvre, en 1984. En quatre ans, ils se sont vus ou croisés une quinzaine de fois, un peu moins peut-être. François Mitterrand la reconnaît, l'a invitée, elle et Benoît, à petit-déjeuner à l'Élysée, un matin froid de décembre. Mais Claire ne voit pas comment aller plus loin. Le Bourget restera comme une apogée, se dit-elle. Une apogée et une perte.

Plus tard, l'évocation de ce dernier meeting de campagne revient entre eux comme un jeu. Mitterrand fait mine d'oublier qu'elle s'y trouvait et l'y avait admiré. Ah tu étais au Bourget, et alors ? Tu as aimé ? Il la pousse à raconter ce qu'elle a ressenti et pensé, l'interroge sur son trouble, son désarroi, réclame qu'elle répète à quel point elle était séduite, éblouie, et lui demande de dire pourquoi.

C'est là que tout commence.

Deux semaines après sa nouvelle victoire à l'élection présidentielle, Mitterrand s'apprête à gravir la roche de Solutré, un site préhistorique près de Mâcon, au cœur des vignes de Pouilly-Fuissé. Il s'y rend chaque année depuis la guerre. Claire n'a pas envie d'y aller. Les quatre années qui viennent de s'écouler, ces mille plans échafaudés pour tenter de l'approcher, être reconnue, adoptée par lui, l'ont fatiguée. Lui semble s'être habitué à cette présence familière, il ne s'étonne plus de la voir surgir lors des inaugurations ou des visites officielles. Elle fait désormais partie du paysage.

Son ami Benoît lui manque, aussi, dans cette entreprise insensée, dont il connaissait toutes les ficelles, devenu, comme elle, un expert en mitterrandie, toujours prêt à sauter à l'improviste dans une voiture ou un train. Elle pense avec nostalgie à cette journée en auto-stop pour aller le retrouver à Strasbourg, ils étaient rentrés épuisés et crottés, tellement il pleuvait, mais enchantés de leur escapade. Claire parce qu'elle avait une nouvelle fois senti le regard de Mitterrand sur elle. Benoît parce qu'il avait passé la journée avec Claire.

À la Sorbonne, où elle poursuit ses études, elle a rencontré Amélie, qui devient son amie. Sa confidente, aussi. Claire aime son intelligence, son franc-parler et ses Ray-Ban foncées. Avec elle, elle apprend à apprécier le vin et à sortir, tard dans la nuit.

Elle lui a très vite confié son obsession pour François Mitterrand. Amélie, qui veut devenir écrivain, trouve l'histoire merveilleuse, excitante. Elle réclame le récit détaillé de chacune des rencontres. À la veille de la Pentecôte, c'est elle qui convainc Claire de se rendre à Solutré.

— Tu verras bien si c'est ou non la dernière fois que tu le vois, qu'as-tu à perdre ?

Elle propose de l'accompagner.

Les deux amies ont prévu de dormir chez une vieille tante d'Amélie, à côté de Villefranche-sur-Saône. Arrivées la veille, elles décident de se rendre directement à Cluny, au cas où Mitterrand serait déjà là. Elles passent devant la maison des Gouze, la famille de Danielle. Les fenêtres sont allumées. Mais il faut d'abord trouver un endroit où dîner. Dans un virage, un restaurant. Plusieurs voitures sombres, garées devant. Claire reconnaît un garde du corps, posté à l'entrée. Elles se regardent : il est là.

— Allez, on y va !

Amélie la pousse devant la porte du restaurant. Elles sont saisies en entrant par la chaleur et les rires, alors que l'auberge est à moitié vide. Le président et son clan dînent au fond de la salle, sous une véranda. Elles s'installent un peu plus loin et passent commande, tout en jetant des regards à la longue table joyeuse et animée. La soirée s'éternise, douce et agréable, puis il est temps de rentrer. Mitterrand et ses amis se sont levés, et se dirigent vers la porte. Amélie incite Claire à l'aborder quand il passe à côté de leur table.

— Tiens, vous êtes là..., lance-t-il.

Claire fait les présentations puis répond mécaniquement aux questions du président. C'est Amélie qui anime la conversation, poliment. Mitterrand finit par prendre congé.

— À demain ? fait-il en partant.

— Oui, oui, à demain, répond Claire, qui se rassoit.

Amélie la regarde avec sévérité.

— Ça ne va pas ou quoi ?

— Quoi, que voulais-tu que je dise de plus ?

— Va le voir ! Tu te lèves et tu vas le voir.

Mitterrand a déjà salué le restaurateur et enfile son manteau. Claire le rattrape avant qu'il ne franchisse la porte tambour.

— Je voulais vous dire..., balbutie-t-elle, j'aimerais beaucoup vous inviter à déjeuner. Vous m'aviez dit oui, souvenez-vous, il y a longtemps, mais aucune date n'avait été fixée. Je n'arrive plus à vous joindre depuis.

Soudain, elle voit les traits du président changer, il la fixe avec intensité. Elle s'empourpre, troublée. Il lui dit oui, si vous m'invitez, je viendrai. Il demande où et quand l'appeler.

Le mardi suivant, il appelle lui-même, sans passer par son secrétariat.

— Allô ? C'est François Mitterrand.

— Bonjour, Monsieur le président.

— Vous voyez, j'honore notre rendez-vous.

Un silence.

Il reprend :

— Alors ?

— Comme je vous le disais, l'autre jour, j'aimerais vous inviter à déjeuner chez moi.

— Il y aura beaucoup de monde ou juste vous et moi ?

— Juste vous et moi. Ça vous ennuie ?

— Non, ça ne m'ennuie pas.

Le vendredi 27 mai, Claire attend le président de la République sur un banc. Il a appelé à 12 h 55 pour la prévenir qu'il quittait l'Élysée et lui demander de l'accueillir rue du Four, devant la porte d'entrée. Tendue, elle guette le ballet des voitures officielles, qui finissent par arriver, dans un grand bruit. Un officier de sécurité ouvre la portière. François Mitterrand descend.

Ils s'engouffrent aussitôt sous la porte cochère. Elle le guide vers l'ascenseur, qui monte jusqu'au sixième. Il faut ensuite emprunter un petit escalier en fer pour rejoindre le dernier étage, où se trouve, sous les toits, le minuscule deux pièces acheté par son père. Le président semble très à l'aise, la tutoie d'emblée. Elle porte un pantalon sombre, une chemise blanche à col Mao, achetée aux puces, une veste noire.

Claire a dressé une table avec deux tréteaux, mis une nappe et suivi les recommandations du Ministre pour le menu. Elle a souvent croisé ce dernier pendant la campagne présidentielle, dans les couloirs du parti socialiste, où elle milite. Toujours très aimable, il l'a plusieurs fois invitée à déjeuner ou à dîner au Procope, le plus vieux café de Paris, rue de l'Ancienne Comédie. Elle l'aime bien, le trouve amusant, cabotin. Charmant mais distrait. Pas fiable pour un sou. En venant inspecter les lieux deux jours plus tôt, le Ministre lui a dit que le président aimait les choses simples. Elle a préparé du melon, du jambon, et une entrecôte. Elle a acheté aussi de l'époisses, réclamant au fromager ce qu'il avait de mieux. Mitterrand approuve l'attention. Il lui apprend que les fromages, eux aussi, ont une saison. Ils déjeunent tranquillement en bavardant. Claire note à quel point cela semble familier. Elle a oublié toute timidité. Le déjeuner terminé, il va s'asseoir sur le canapé, l'invite à le rejoindre. Elle approche, hésitante. Ils continuent de parler puis, soudain, il l'embrasse.

— Tu n'es pas repoussante, lui dit-il en souriant.

Puis, il fait un geste de haut en bas, à partir de la bouche.

— Ça communique, tu ne trouves pas ?

Claire n'est pas certaine de bien comprendre.

— Dommage que nous n'ayons pas plus de temps, poursuit-il.

Un silence.

— Tu aurais voulu ?

Elle ne répond pas, a peur qu'il s'en aille. Il se lève pourtant.

— Aussitôt que vous aurez franchi cette porte, vous allez me manquer, dit-elle.

— La prochaine fois, ne m'attends pas sur le trottoir, reste dans le hall.

Elle le raccompagne, à sa demande, jusqu'en bas de l'immeuble. Dans l'ascenseur, étroit et minuscule, ils se retrouvent serrés l'un contre l'autre. Claire n'ose pas le regarder. Lui la dévisage.

— Tu es sentimentale ?

— Oui, je crois…, esquisse-t-elle, sans savoir si elle a raison d'être sincère.

— Il ne faut pas, ordonne-t-il.

Dans son agenda, ce jour-là, Claire n'a pas noté grand-chose.

Une phrase de lui : « La mort, j'en ai atteint les rivages. »

Et une phrase d'elle : « Si j'avais seulement quinze ans de plus… »

Elle a noté aussi « Premier baiser ».

II.

Naissance

— Pourquoi n'es-tu pas née plus tôt ?
— Et vous, plus tard ?

Elle a gardé le meilleur pour la fin.

Claire a enfin accepté de m'ouvrir ses agendas. Je savais qu'elle y avait consigné des impressions, des fragments, des mots qu'elle ne voulait pas oublier.

Je l'invite à dîner un soir d'été.

Elle arrive directement de son travail, en retard, portant à l'épaule un sac bleu volumineux. Je lui sers un verre tandis qu'elle sort huit agendas de la marque Quo Vadis de tailles et de couleurs différentes.

Ce qui reste de son histoire avec François Mitterrand se trouve ici, du début, 1988, jusqu'à la fin, 1996.

D'une petite écriture fine, Claire a noté au stylo noir ses rendez-vous avec lui. À l'Élysée ou chez elle. Au restaurant ou ailleurs. Elle a recensé aussi les appels téléphoniques du président, avec la date et l'heure, à la minute près. Parfois, elle a fait le compte-rendu de leur conversation. Ou n'a choisi de retenir qu'une phrase, un mot.

Dans ces pages, elle l'appelle « F », « FM » ou « ma Teigne ». Jamais « François ».

Claire m'explique qu'elle écrivait pour lutter contre une forme d'incrédulité. Elle me dit aussi que cette discipline compensait, en partie, les absences de l'homme aimé.

Entre deux rendez-vous, elle vivait avec ses mots.

Sur ces pages noircies, il y a d'autres dates, d'autres rendez-vous. Des contacts professionnels, des amis, son psychanalyste. Des séances de cinéma. Des examens, quand elle est encore étudiante, ou des voyages. Assez peu, finalement. Il prend toute la place.

Claire se saisit d'un carnet au hasard. Elle passe la main dans ses cheveux bruns, met ses lunettes. Je nous sers un nouveau verre de vin.

Ce soir-là, elle lit à haute voix pendant trois heures.

Je ne peux plus l'arrêter.

Le lendemain du déjeuner, Mitterrand l'appelle, tôt dans la matinée. Il se montre charmant, enveloppant. Il lui demande ce qu'elle a ressenti quand il a passé la porte de son appartement.

Ils parlent longtemps.

— Quand puis-je te rappeler ? s'enquiert-il avant de raccrocher.

— Demain matin ? propose Claire.

— On ne va quand même pas s'appeler tous les jours !

Le lendemain, il rappelle. Et le surlendemain.

En la quittant rue du Four, Mitterrand a promis qu'il trouverait rapidement une date pour un deuxième déjeuner, cette fois à l'Élysée. Claire s'y rend le mardi suivant. Après ce premier petit déjeuner avec Benoît, il y a quatre ans, c'est la deuxième fois qu'elle est reçue au palais. Elle a choisi ce qu'elle avait de plus élégant dans sa penderie, un pantalon prince-de-galles, un chemisier blanc et une veste noire. Mitterrand lui demande pourquoi elle est habillée comme un homme.

Un maître d'hôtel en livrée leur apporte le déjeuner : cuisses de grenouilles, saumon, fromage et pêches fourrées aux fruits rouges, le tout accompagné d'un vin de Bourgogne, un chablis.

— Comment vous sentez-vous ? la questionne le président, oubliant le tutoiement. C'est peut-être présomptueux de ma part mais je vois bien que vous êtes dans un état passionnel. Je me trompe ?

Claire répond qu'elle l'aime, oui, mais qu'elle ne

sait pas si elle est amoureuse. Son attirance pour lui est confuse, tente-t-elle d'expliquer. Elle dit qu'elle l'a cherché pendant quatre ans, qu'elle attendait ce moment. Elle veut être près de lui, c'est certain, mais elle ne sait pas comment. Elle se sent troublée, elle a peur aussi. Ce qu'elle espérait est là, à portée de main.

Elle répète :

— C'est un amour profond, en tout cas je le crois, mais je ne peux pas dire que je suis amoureuse.

Il sourit, repasse au tutoiement.

— Tu préférerais un bel athlète aux muscles longs ou un riche éleveur du Limousin ?

Il lui demande si c'est la première fois qu'elle vit cela. Si elle est heureuse ou inquiète. S'il lui manque déjà. Il ausculte, dissèque ses sentiments. Il veut tout savoir. Il lui parle aussi de l'adolescence.

— La plus belle période de la vie.

Pour l'intensité et la puissance de l'émoi.

— Quand même, hésite Claire, vous avez cinquante ans de plus que moi et vous êtes président de la République !

— Je te remercie de le souligner, c'est très délicat.

Il poursuit :

— Je retourne. Tu as cinquante ans de moins que moi et tu n'es pas présidente de la République.

Il s'entête :

— Tu es amoureuse.

À la fin du déjeuner, il l'invite à le suivre dans sa chambre. Elle refuse, réclame un deuxième verre de chablis. Lui boit à peine. Ils parlent encore d'amour. Il affirme que la mécanique, c'est le mot qu'il emploie, s'est mise en marche. Faire l'amour, c'est surtout cérébral, précise-t-il, et ça laisse des traces morales, beaucoup plus que physiques. Il dit que ça peut rester un très agréable souvenir.

Claire le dévisage.

— Et si je ne veux pas, je vous perds ?

— Je viens de réaliser ce qui s'est passé à Solutré…, lui dit-elle au téléphone, quelques jours plus tard.

— Pas à Solutré, à Cluny, corrige-t-il.

— Si Amélie ne m'avait pas encouragée à venir vous parler, quand vous quittiez ce restaurant, j'aurais sans doute abandonné.

— Mais tu crois que je ne te voyais pas ?

— On en parlera demain, vous me le direz.

— Je te le dirai… ou je ne te le dirai pas. Tu es folle jeune Claire, tu as complètement perdu la raison !

— Mais non.

— Si, tu es amoureuse.

— Je vous le dirai, ou je ne vous le dirai pas, joue-t-elle.

— Pas besoin que tu me le dises, je le vois, conclut Mitterrand. Je t'embrasse, à demain.

Ils se voient de plus en plus souvent.

Claire est entrée dans sa période d'examens de fin d'année.

Mitterrand l'appelle avant ses épreuves, pour l'encourager.

Et après, pour savoir comment ça s'est passé.

Il est prévenant, inquiet.

Un jour, il la dépose en voiture à la Sorbonne.

Une autre fois, il lui fait un historique des papes, pendant un déjeuner.

— Pardon pour ce petit cours d'histoire, fait-il mine de s'excuser, vous aurez au moins appris quelque chose.

Il mélange le tu et le vous.

Claire le vouvoie.

Elle le vouvoiera plusieurs années.

Avant d'oser lui dire tu.

— Tu ne viens pas t'asseoir à côté de moi ?

Assis près de la fenêtre, il travaille un moment chez elle, avant de passer à table, notant quelques idées pour une allocution télévisée programmée le soir. Ce mardi 14 juin, il doit commenter les résultats des élections législatives de dimanche : dans la foulée de l'élection présidentielle de mai, le parti socialiste n'a pas obtenu la majorité absolue à l'Assemblée nationale.

Claire s'approche de lui, allume une cigarette.

— Éteins-la, tu sais que je déteste ça !

Elle parle peu.

— C'est difficile d'exprimer ce qu'on a envie de dire, hein ? lui demande doucement Mitterrand.

Il la dévisage.

— Tu as de très beaux yeux, une jolie bouche, de jolies dents.

Elle sourit enfin.

— C'est bien mieux que « pas repoussante » !

— C'était une litote, se défend-il mollement.

Le soir, après la télévision, il ira dîner chez Jack Lang. Il y aura aussi Gérard Depardieu, précise-t-il.

Il part au Canada cinq jours plus tard.

Dans son agenda, Claire a tiré un trait sur toute la semaine. Et sous la ligne ainsi tracée, trois mots en majuscules :

ATTENTE, ATTENTE, ATTENTE

— Vous m'appellerez ? lui demande-t-elle avant son départ.

— Tous les jours, c'est une très mauvaise habitude !

— Ça m'aide à vous attendre.

— Et pourquoi pas tous les deux jours ? Ce serait plus raisonnable.

— Non, tous les jours.

— Ah ! Mais tu as choisi l'homme le plus occupé de France !

— (...)

— Tu es possessive, c'est normal à 22 ans.

Cette fois, Claire porte un simple chemisier à fleurs. Elle n'a pas de veste. Il sourit en la voyant, lui glisse que c'est limite pour venir voir le président de la République. Il vient de rentrer du Canada. Leur table a été dressée dans la bibliothèque du rez-de-chaussée, qui ouvre sur le jardin de l'Élysée. Tout est subtilement arrangé : nappe blanche damassée, vaisselle de Sèvres, verres en cristal. Et un petit bouquet de roses, au centre de la table ronde. On leur sert une salade d'écrevisses et un agneau chanterelle avec des épinards. Ils terminent avec une glace au miel.

Par-dessus la table, Mitterrand lui presse la main.

— J'ai envie de t'embrasser mais pas ici.

Pour la première fois, elle accepte de le suivre dans sa chambre, au premier étage de l'aile est, dans les appartements privés. En entrant, Claire détaille la pièce, et ce qu'elle voit lui plaît. Un lit de bois clair cérusé. Entre deux hautes fenêtres, un canapé blanc. Au-dessus du bureau, des rayonnages de livres, pleins à craquer. Des éditions originales, lui précise Mitterrand. Il y a des photos et des bibelots, partout.

— Vous n'êtes pas très ordonné, fait-elle remarquer.

— Mais si, j'étais en train de trier...

Il embrasse délicatement sa main. Puis l'entraîne sur le lit. Ils restent allongés dans les bras l'un de l'autre, tout habillés.

Comme deux adolescents, se souvient Claire.

— Pourquoi je vous aime autant ? interroge-t-elle.

— Oui, ce serait plus facile sans sentiments, lâche Mitterrand. Ce n'est fondé sur rien.

Il se tait, puis ajoute :

— Mais est-ce jamais fondé sur quelque chose ?

Il passe sa main sur son visage, lui dit qu'elle est sensuelle. Un peu poète aussi. Il s'enquiert de ses envies d'écriture. Lui parle des *Lettres à une amie* de Clemenceau et de *L'Insoutenable Légèreté de l'être* de Kundera.

Elle note qu'il a les yeux très clairs, elle ne l'avait pas remarqué auparavant.

— Toi tu as des yeux magnifiques. La forme (il mime) et ce regard, triste et mélancolique.

Il la serre plus fort.

— Non, tu ne me perdras pas.

Il appelle nuit et jour :

Tu ne m'as même pas regardé hier, à la télévision ! Ah si ? Et qu'as-tu pensé ? Tu crois que ça peut faire voter les gens ?

Je vois Margaret Thatcher dans l'après-midi mais passe à l'Élysée, à 17 h 30.

Tu as ton examen tout à l'heure ? Bon courage et bonne chance.

J'ai appelé trois fois, où étais-tu ?

Je pars en Espagne mais je t'appellerai si je trouve un téléphone.

Non, on ne se verra pas demain, tu dois réviser ton partiel, je serai raisonnable pour deux.

Es-tu sensible à mes appels ? J'aime qu'on me le dise.

Je ne joue pas…

J'ai essayé d'appeler vers 23 heures, tu n'étais pas là, tu mènes une vie de patachon.

Tu es singulière.

J'ai envie de t'embrasser.
Combien y a-t-il eu d'hommes dans ta vie ?
Pourquoi ne m'as-tu pas attendu ?
Tu sors ce soir ? Tu vas boire ? Tu vas danser ?
Tu es seule, moi aussi.
La jalousie gouverne le monde, tu le sais ?
Il ne faut pas être dépendant.

Ils passent des heures dans la chambre du président, désormais. Serrés l'un contre l'autre. Toujours habillés. Le président n'exige plus rien, il attend. Il lui parle d'amour, de l'amour physique, du plaisir que l'on peut donner. Il dit : En amour, c'est confondu, on a envie de donner et de recevoir. Il dit aussi : Tu comprends qu'on puisse avoir envie de toi ? Tu es tendre et sensuelle. Il dit encore : Il y a quelque chose d'électrique entre nous, un courant. Elle le trouve de plus en plus patient, attentionné.

Le soir, en rentrant, Claire noircit les pages de ses carnets. Elle note le mot doux, le mot pudeur et le mot beau.

— J'ai peur, lui dit-elle un soir de juillet. Je sens bien que je ne résiste plus.

— Ça ne repose alors plus que sur moi…, murmure-t-il.

Il la détaille, la devine.

— C'est très bien, conclut-il après l'inspection. Tu es belle, tu plairas.

Il sourit.

— Tu devrais faire du cinéma.

Il lui demande si elle est fidèle, jalouse.

— Et vous ? se rebiffe-t-elle. Une seule ne vous suffit pas ?

— Ah, il faut qu'elle soit bien… !

— Je ne veux pas savoir s'il y a quelqu'un d'autre, je serais trop triste.

— Avec toi, c'est simple. Tu es jolie, tu n'es pas sotte… On est bien ensemble.

Dans les yeux de Claire, quelque chose a changé, il le voit.

— Non, tu ne résistes plus du tout, résume-t-il. C'est donc à moi de prendre mes responsabilités. Je dois ménager tes intérêts.

Agenda de Claire

Vendredi 8 juillet 1988
FM téléphone, 15 h 24.

— Bonjour, Madame la sous-présidente ! Si vous voulez me voir, venez à 17 heures.

— C'était bien, Venise ?

— Admirable, sublime Venise ! Rien de plus beau.

— Mais cet après-midi, vous ne deviez pas voir Michel Rocard ?

— C'est fait ! Et puis, entre Rocard et vous, qui je choisis ?

Après ses examens, Claire se prépare pour l'été : un stage de six semaines, à Bordeaux. Le départ est fixé au 14 juillet. Elle redoute cette coupure. Les longues conversations et la tendresse se sont installées, commençant à occulter le reste. Un jour, Mitterrand suggère qu'ils en restent là. Elle sent qu'il est en train de reculer.

Ils conviennent de se voir un soir, avant son départ. Elle l'invite à dîner rue du Four. Il lui propose le 11 ou le 12 juillet.

— J'ai envie de vous voir au plus vite, répond Claire, mais je préfère le 12, c'est le jour où l'on s'est vus pour la première fois, rue de Bièvre, il y a quatre ans.

— Alors, le 12 ! tranche le président, qui aime les rituels et les anniversaires. Mais c'est dangereux, tu le sais, ajoute-t-il aussitôt, on sera attendris à cause de ton départ, on risque de faire l'amour.

On savait que ce serait ce soir-là ou jamais, me dit Claire.

Mitterrand arrive chez elle à 20 heures. Elle ne se souvient plus de ce qu'elle a préparé pour le dîner, ni de ce qu'elle portait. Mais elle n'a pas oublié la légèreté de cette splendide soirée d'été. Quand il s'approche pour l'embrasser, elle s'étonne de sa pâleur, note une constellation de taches de rousseur, à peine perceptibles. Une peau de petit garçon, se dit Claire. Lui est soudain maladroit, intimidé. Elle pense à la première fois qu'il est venu : il était assis là, pressant, avait regretté qu'ils n'aient pas plus de temps. Ce n'est plus le même homme qu'elle prend soudain par la main pour l'entraîner vers sa chambre mansardée, plongée dans la pénombre.

— Tu es sûre ? murmure-t-il.

Elle dit oui.

Par les fenêtres restées ouvertes, ils entendent monter les bruits du soir. Quelques klaxons, des éclats de voix, le cliquetis des verres à la terrasse d'un café. Une femme rit, un peu trop fort.

— Et si on ne se revoyait plus ? lui demande le président, un peu plus tard. Ce serait beau aussi, juste une fois.

Il l'appelle le soir même, à minuit 26.

Et le lendemain, à 8 h 25.

Il lui propose de venir à la garden party de l'Élysée du 14 juillet. Il aimerait la voir une dernière fois avant qu'elle ne parte pour Bordeaux.

— Tu passeras à mon bureau après le déjeuner.

Claire a acheté une robe pour l'occasion. Elle se présente au palais en fin de matinée, après le défilé des Champs-Élysées. Elle n'a pas de carton d'invitation mais son nom a été laissé à la loge. Elle se mêle aux centaines d'invités, costumes clairs et robes légères pour les civils, uniformes pour les militaires. La foule piétine joyeusement la pelouse. Il fait très chaud et le champagne coule à flots.

Elle croise le Ministre, qui l'accueille en ouvrant grand les bras. Il ne s'étonne pas de la voir ici. Il l'entraîne, lui glisse quelques amabilités, séducteur et charmant. La présente à tout le monde. Elle ne connaît personne mais se force à sourire. Le Ministre finit par l'abandonner, happé par une autre mission d'importance. Elle se retrouve seule. Pour se donner une contenance, Claire traverse plusieurs fois le parc en diagonale, l'air décidé, sa coupe de champagne à la main. Elle traîne comme ça un moment avant de regarder sa montre : le déjeuner devrait se terminer. Devant le perron, au pied des escaliers, un garde républicain l'empêche de passer. L'étudiante est déjà venue une dizaine de fois en juin et juillet mais n'est pas encore connue de tous au palais. Elle a beau dire qu'elle a rendez-vous avec François Mitterrand, le garde refuse de la laisser passer.

— Le président déjeune en famille.

— Mais pouvez-vous au moins le prévenir que je suis là ?

— On ne peut pas, Mademoiselle, désolé. Je vous l'ai dit, il n'a pas fini son déjeuner.

Elle retourne parmi les invités.

Mitterrand finit par sortir dans le parc pour un bain de foule. Il n'est pas possible de l'approcher. Claire se décourage. Elle traverse les salons du rez-de-chaussée et rejoint la cour d'honneur de l'Élysée, de l'autre côté. Elle s'arrête soudain, glacée, en apercevant la voiture du chef de l'État qui attend sur le gravier, moteur allumé. Il va partir. Et le voici qui arrive. Il serre quelques mains, échange trois mots avec un conseiller. En jouant des coudes, Claire parvient à se hisser jusqu'à lui.

— Je vous ai attendue…, glisse-t-il.

Elle se défend.

— J'ai essayé de vous rejoindre mais vous n'aviez pas fini votre déjeuner. On ne m'a pas laissée passer !

— Tant pis. C'est un raté. Une autre fois…

Et il s'en va.

Son train part en fin de journée. Claire voit s'éloigner Paris. Une amie de l'université l'attend à Bordeaux pour le dîner. Les deux étudiantes doivent partager une grande maison aux murs couverts de lierre, qu'on leur prête pour l'été. En échange, elles se sont engagées à nourrir un chat et arroser le jardin. La propriétaire de la maison leur fait visiter les lieux. Elle se tourne soudain vers les jeunes filles.

— Laquelle de vous deux est Claire ? Un certain François Étienne a appelé pour vous. Il n'a pas laissé de numéro mais a dit qu'il rappellerait.

Le lendemain, il rappelle. Puis le surlendemain. Et le jour d'après. Plusieurs fois dans la même journée. Claire revient à Paris pour le voir. Cet été-là, chaud et sec, elle multiplie les allers et retours. Elle se souvient du cœur qui se serre, et puis s'emballe, quand le train, en grinçant, entre lentement en gare. Elle n'a jamais la patience d'attendre, saute dans un taxi pour l'Élysée, dit au chauffeur qu'elle veut être déposée place Beauvau, juste en face, certaine que tout se lit sur son visage.

Quand elle arrive essoufflée, en retard, ce qu'il a du mal à supporter, elle le trouve toujours calme et frais. Très pâle, aussi. Il fuit le soleil. Mitterrand l'entraîne sur la terrasse, côté jardin, où ils dînent ou déjeunent, à l'ombre. Ils parlent d'amour, de livres et d'émois. De sa famille, aussi, il veut tout connaître, tout savoir. Ils marchent lentement dans le parc, sous les platanes centenaires, vont se rafraîchir à la fontaine à jets d'eau, avant de rentrer.

Un soir, le président se penche dans un parterre de fleurs pour lui cueillir un souci.

Elle l'a fait sécher, puis encadré.

Elle me le montre la première fois que je viens chez elle.

Claire vit aujourd'hui dans un appartement en duplex, près de la Madeleine, avec son mari et ses enfants. Elle se rend à pied au ministère des Affaires étrangères, où elle travaille désormais. Sur sa petite terrasse, elle a planté des roses, des buis et un olivier. Dans son bureau sous les toits, un velux ouvre sur le ciel. La pièce n'est pas grande. Une imposante bibliothèque occupe tout un pan de mur. Des livres sur François Mitterrand, sur trois ou quatre rayons. Il y a ceux qu'il a écrits, lui. Et ceux qui lui sont consacrés. Il y a enfin les livres qu'il lui a offerts ou fait acheter : *Les Confessions de Nat Turner* de William Styron, *Le Bonheur de Barbezieux* de Jacques Chardonne, *Le Grand Meaulnes* d'Alain-Fournier, *Les Diaboliques* de Barbey d'Aurevilly, *Mangeclous* d'Albert Cohen, *Ennemonde et autres caractères* de Giono, *L'Éducation sentimentale* de Flaubert, *Dominique* de Fromentin, *Le Lys dans la vallée* de Balzac, *Ma vie* de Lou Andreas-Salomé ou *Polyeucte* de Corneille. Mais enfin, relis *Polyeucte* !

s'agaçait-il parfois. Ça la faisait rire. Tu n'as pas encore lu *Aurélien* ? Quelle chance tu as, je t'envie…, disait-il aussi. Au début, il lui conseillait surtout des romans d'apprentissage, des récits d'amours impossibles. Elle a gardé quelque part un petit bout de papier où il a écrit à l'encre bleue le titre du roman d'Oscar Wilde qu'il voulait absolument qu'elle lise, *Le Portrait de Dorian Gray*.

En trente ans, Claire a déménagé à de nombreuses reprises. Dans chaque bibliothèque, elle a rangé les livres exactement à la même place, dans le même ordre, au détail près.

Parfois, j'ai peur que la mémoire flanche…, me dit-elle.

Elle saisit un recueil de poèmes de Cocteau publié chez Gallimard. Une carte postale s'en échappe. Au recto, la photo d'une plage à l'île Maurice. Au verso, quelques mots.

« Cette image vous dira quelque chose…

À vous.

F.M. »

Datée du 18 octobre 1993, la carte est adressée à Claire, rue du Four, dans le VIe arrondissement, le six écrit en chiffres romains.

Elle la replace où elle était, et feuillette le livre avant de trouver ce qu'elle cherchait : un poème, *Plain-Chant*. Mitterrand, qui l'aimait, le lui récitait par cœur.

Claire le lit à haute voix.

« Je n'aime pas dormir quand ta figure habite,

La nuit, contre mon cou ;
Car je pense à la mort laquelle vient si vite
Nous endormir beaucoup.
Je mourrai, tu vivras et c'est ce qui m'éveille !
Est-il une autre peur ?
Un jour ne plus entendre auprès de mon oreille
Ton haleine et ton cœur.
(...)
Ah ! je voudrais, gardant ton profil sur ma gorge,
Par ta bouche qui dort
Entendre de tes seins la délicate forge
Souffler jusqu'à ma mort. »

À côté du vers « Je mourrai, tu vivras et c'est ce qui m'éveille ! », la jeune fille de l'époque a tracé une petite croix dans la marge, au crayon à papier.

Elle a déposé sa valise chez elle et sauté dans un taxi pour l'Élysée, impatiente. Il se lève quand elle entre. Les grandes fenêtres de son bureau sont ouvertes sur le parc. Il vient de pleuvoir mais il fait encore doux. Claire respire les odeurs de l'été. Ils quittent ensemble la pièce par une porte dérobée, longent l'étroit couloir jusqu'à l'ancienne salle de bains de l'impératrice Eugénie, passent dans les appartements privés, fermés à double tour. Il laisse la clé sur le chambranle.

Dans la chambre, Mitterrand la regarde froidement.

— Tu es jaune !

Elle s'approche pour l'embrasser mais il recule.

— Tu sens la cigarette ! Je ne t'embrasserai plus si tu n'arrêtes pas de fumer.

Elle arrête trois jours après.

Au téléphone, sa voix faiblit. Claire sent qu'il s'endort.

— Tu crois qu'on va se revoir bientôt ? demande-t-elle doucement.

— Oui. Tu en as envie ?

— Oui et toi ?

— Oui. Mais je ne peux pas te dire quand.

Elle lui offre une nouvelle de Tennessee Williams, « La Chose importante ». Un soir, au téléphone, il veut lui lire la fin à haute voix.

« Pour la première fois, ils se trouvaient ensemble dans le noir, sans plus éprouver la moindre peur l'un de l'autre. Ils se tenaient par la main, ils se regardaient avec une sympathie un peu triste. Ils n'essayaient plus de s'aider, mais seulement de se comprendre. Ils se savaient absolument séparés, absolument seuls l'un et l'autre. Mais ils n'étaient plus des étrangers. »

Il s'arrête, lui demande si c'est ce qu'elle ressent, aimerait savoir pourquoi elle lui a donné ce livre.

— Vous en faites ce que vous voulez, élude Claire.

Il appelle, rappelle, appelle encore.
Ça me fait plaisir de t'entendre, et toi ?
Tu te souviens la première fois ?
Tu m'en veux d'avoir été faible ?
Tu es heureuse que j'existe ?
Souvent, il lui dit, j'aime ta voix.

La lumière de l'été commence à décliner. Début août, Mitterrand la prévient qu'il part quelques jours. D'abord dans le Gers, pour voir ses petits-enfants : Eh oui, que veux-tu, on a d'autres obligations quand on a cinquante ans de plus ! Elle lui dit qu'elle commence à s'attacher, lui demande de la rassurer.

Il esquive : Je t'aime, tu n'aimerais pas que je te le dise.

Il ajoute aussitôt : Je ne t'oublie pas.

Après le Gers, l'Irlande.

Il l'appelle à Bordeaux, un soir.

— Il est tard, c'est une fantaisie, s'excuse-t-il d'emblée, tes amies vont s'interroger, je raccroche.

Mais il ne raccroche pas.

— Tu es belle ?

— Non !

— Aie un peu confiance en toi, en ton charme… Tu es fidèle ?

— Oui.

— Tu es sérieuse, vertueuse et fidèle. C'est risqué.
— Pour vous ou pour moi ?
Ils rient.
— Où êtes-vous ? demande Claire.
— Chez l'habitant.
Un silence.
— Bon, je vais raccrocher, coupe-t-il.
— Pourquoi ?
— Parce que c'est utile.

En relisant ces fragments, je me demande chez qui Mitterrand se trouvait cet été-là, quand il a appelé Claire. Je cherche dans ma bibliothèque le *Journal d'Irlande* de Benoîte Groult, établi et préfacé par sa fille, Blandine de Caunes. L'écrivain féministe partageait ses étés entre la Bretagne et l'Irlande, aux côtés de son mari, l'écrivain Paul Guimard, un ami de Mitterrand qui fut aussi son conseiller à l'Élysée.

J'ouvre le journal à l'année 1988, le feuillette rapidement. Au 8 août, Benoîte note que Mitterrand arrivera dans leur maison du Kerry le lendemain, en hélicoptère. Je poursuis ma lecture. À la date du 9 août, elle raconte qu'ils ont mangé le homard et les bouquets pêchés le matin même sous un ciel gris et chargé. Et le soir, bien au chaud dans la maison de ses deux amis, Mitterrand a longuement parlé de Casanova, dont il est en train de lire les mémoires.

« Sans doute s'y reconnaît-il, comme Paul d'ailleurs, écrit Benoîte Groult. Ils ont tous les trois la même façon d'aimer les femmes, de tous les âges, jolies ou pas, et de continuer à les aimer, après… »

Je referme le *Journal d'Irlande* en souriant, me demande si je dois raconter ça à Claire.

À la fin de l'été, Mitterrand lui donne le numéro de sa maison de Latche. Il admet qu'il y a des obstacles entre eux, c'est le mot qu'il emploie, et qu'il faudrait tenter de les lever. Il lui propose de travailler avec lui à l'Élysée et semble surpris quand elle refuse.

— Ah non, tu ne veux pas être sous mes ordres ?

III.

Moments (I)

— Ce serait bien que vous ne prévoyiez rien pour l'Ascension et qu'on parte ensemble se promener…

— Ah, toujours ce fameux week-end… !

— Au moins sortir de Paris…

— J'aime tes rêves.

Je demande à Claire de m'emmener dans les lieux qu'elle fréquentait avec Mitterrand. Elle me donne rendez-vous un jour d'hiver boulevard du Montparnasse, à la Coupole. Elle m'attend avec un verre de vin d'Alsace, rouge. Elle n'aime pas le blanc.

Claire porte une veste en velours noir et une chemise ajourée, l'air fatigué. Nous commandons avant de nous mettre au travail. À la fin du déjeuner, elle sort une photo de son sac : un homme, vêtu d'un costume sombre, debout à côté d'une voiture officielle. Il s'appelle B., m'explique Claire, c'est l'un des gardes du corps du président. Après l'Élysée, il est resté à son service, avenue Frédéric Le Play.

Il était amoureux de Mitterrand, ajoute-t-elle. Tout le monde était amoureux de Mitterrand.

Plusieurs fois, tard le soir, le président avait demandé à cet officier de sécurité de raccompagner Claire. B. était doux et prévenant, il veillait un peu sur elle, aussi.

Juste avant de quitter le pouvoir, Mitterrand avait

emmené son garde du corps faire le tour du parc de l'Élysée. En marchant, il lui avait demandé s'il voulait bien rester à sa sécurité.

— Est-ce que ça vous intéresse, ne vous dérange pas ?

B. a confié à Claire que ce fut le plus beau jour de sa vie.

— Je suis envoûté, nous sommes envoûtés, a-t-il ajouté.

À la mort de Mitterrand, c'est la main de B. que Claire a tenue pour entrer dans la chambre du président.

Il l'appelle tous les jours, au moins deux fois. Le matin et le soir. Parfois plus, quand il peut. Il ne fait jamais défaut. Sauf une fois, il était loin, à l'étranger. Il a dû promettre que ça ne se reproduirait plus.

Rue du Four, le téléphone se trouve au pied du lit. Et le répondeur à cassette dans l'entrée. Elle attend que la sonnerie résonne plusieurs fois avant de répondre, ne veut pas se précipiter.

Tu te rends compte, me dit Claire, il m'a réveillée tous les matins pendant huit ans.

Le matin, il téléphone quand il arrive à l'Élysée. Le soir, c'est variable, 21 heures ou 23 heures.

En raccrochant, il lui dit « au revoir », en détachant les syllabes, ou « à plus tard ».

Il est patient, s'enquiert de sa journée, de ses projets. De ses cours ou de ses examens. Puis, plus tard, de son travail. Un jour, il lui dit que ses chefs la tiennent en esclavage, menace d'intervenir. Il sait ce qu'elle fait, quand et avec qui. Il connaît tout de sa vie.

Elle ne vit pas, elle attend.

Quand elle accepte de sortir avec Amélie ou d'autres, elle finit toujours par s'enfuir, s'excuser : pardon, je file, je dois rentrer, je vous embrasse, je vous aime, appelons-nous demain. Ses amis tentent de la retenir, la pressent, la questionnent, s'agacent, lui tournent le dos. Ils ne devinent pas à quel point sa vie à elle est loin de la leur. Elle emploie le mot anormalité.

Elle ne pense qu'à lui. À l'instant où elle va enfin le retrouver, aux déjeuners dans la bibliothèque de l'Élysée, aux dîners chez les écaillers, aux lentes flâneries sur les quais ou dans les rues de Paris, aux appels du soir et à ceux du matin.

Lui n'aime pas qu'elle sorte, il aimerait la garder pour lui seul. Quand il appelle tard, il lui demande si elle a bu. Au son de sa voix, aux altérations de celle-ci, il devine, il sait.

Il répète, je ne veux pas que tu t'abîmes.

Il connaît tous ses numéros par cœur. Celui de la rue du Four. Celui de la maison de sa mère, à Limoges. Celui de sa nounou, pour laquelle elle a gardé une tendre affection et chez qui elle se rend parfois le week-end ou pendant les vacances. Celui de son frère, au Canada, où Claire passe certains étés. Celui de ses grands-parents, aussi. Celui de son travail. Partout où elle va, il la suit, la traque, la précède parfois, se présente comme « Monsieur Étienne », laisse un message, demande qu'elle le rappelle quand elle est arrivée.

Il utilise les départements comme moyen mnémotechnique. Souvent, il lui récite tous ses numéros, fier de son effet : Essonne, Paris, Puy-de-Dôme... Elle applaudit.

Quand il l'appelle à son bureau, elle redoute qu'un collègue décroche, reconnaisse la voix du président de la République, comprenne, la démasque.

Elle a peur.

Elle a peur tout le temps.

La durée de leurs conversations varie, dépend de son agenda à lui, ou de son état à elle. Quand Claire va mal, lui dit qu'elle n'en peut plus, qu'elle va crever, qu'elle a besoin de lui, alors il prend son temps. Le temps qu'il faut. Jusqu'à ce qu'elle arrête de pleurer.

Parfois, il s'endort au téléphone.

— Vous êtes là ?

Il sursaute.

— Je dormais un petit peu, on va peut-être raccrocher, tu ne crois pas ?

— Oui, bien sûr, je vais vous laisser dormir... Appelez-moi demain. Je vous aime.

Ces échanges quotidiens ne lui suffisent pas. Elle exige une ligne spéciale, comme ce téléphone sécurisé qu'elle a vu dans son bureau à l'Élysée, d'où il peut appeler le Premier ministre et les chefs d'État étrangers. Quand elle évoque devant lui cette idée, il rit. Elle insiste.

— Je veux les mêmes droits que l'Élysée, pouvoir vous joindre à chaque instant.

Un jour, elle lui demande de se procurer un Alphapage, le service de radiomessagerie de France Télécom : le numéro de la personne qui cherche à vous joindre s'affiche sur l'écran d'un petit boîtier qu'on peut garder en permanence sur soi, à la ceinture. Le président ne connaît pas ce moyen de communication. Elle lui explique que ce système connaît un grand succès aux États-Unis. Claire sait bien qu'il n'a pas de montre, qu'il hait les objets qui l'obligent ou entravent sa liberté. Mais elle y tient. Il se raidit.

— Alors quoi ? Tu pourras me joindre tout le temps ?

Il finit par se laisser convaincre, commande un Alphapage à ses services. Ils ouvrent la boîte ensemble, en sortent l'appareil, l'examinent, ne savent pas comment ça marche. Il lui suggère de le prendre chez elle et d'étudier la question.

Quand elle n'est pas là, il laisse un message sur le répondeur. Je demande à Claire si elle a gardé les cassettes.

Elle me dit oui, je les ai toutes, des dizaines.

Un matin de septembre, il l'appelle à 9 heures.

— Viens tout à l'heure.

Il a un quart d'heure, entre une réunion de ministres et un rendez-vous avec le magnat britannique des médias, Robert Maxwell, que Claire croise dans l'antichambre quand elle s'en va. À 18 heures, il décore Depardieu et Barbara.

Trois jours plus tôt, elle a refusé de se rendre au dîner d'État donné en l'honneur de Ben Ali, le président tunisien. Mitterrand a insisté, elle s'est braquée :

— Vous êtes tyrannique et égoïste !

— Et toi, tu es capricieuse et exigeante.

Il adore venir chez elle. Dans ce petit appartement sous les toits, à Saint-Germain-des-Prés, il sent revivre l'adolescent timide et vibrant qu'il a été. Au départ, elle a dû insister pour qu'il vienne aussi le soir. Mitterrand, qui n'est plus intéressé par les mondanités et préserve une vie saine et réglée, déteste sortir.

— Tu sais bien que je ne dîne pas…

Et puis, il cède.

Il aime que personne ne sache où il est.

Il aime marcher à pied sur le boulevard, avant d'arriver.

Il aime entendre les cloches de Saint-Sulpice, par la fenêtre ouverte.

Il aime plaisanter devant la caricature de Cabu, accrochée au mur :

— Tu trouves que ça me ressemble ?

Il dit que rien n'est confortable chez elle. Il déteste cette chaise en carton sur laquelle il ose à peine s'asseoir.

Elle lui suggère de faire venir son fauteuil Eames de l'Élysée. Il répond que c'est une bonne idée mais ne le fait jamais livrer.

Agenda de Claire

Mardi 27 septembre 1988

FM téléphone à 9 h 45.

FM téléphone à 18 h 15.

Je le vois à 19 h 15, il prépare son discours pour l'ONU.

FM téléphone encore à 22 h 20, tout tendre.

Lui : Je lutte contre.

Moi : Contre quoi ?

Lui : Contre l'emprise.

Mitterrand lui dit parfois en riant qu'elle se prend pour le centre du monde. Il la traite de « gare de Perpignan de Dalí », tout en lui désignant son nombril, d'un geste.

— Tu es obsédée par ce que je ressens pour toi…

Parfois, il reconnaît de mauvaise grâce qu'il ne l'a pas assez écoutée.

— Tu ne veux pas admettre que cette histoire est extraordinaire, dit-il.

— L'admettre, ce serait renoncer, répond Claire.

Et ça recommence.

Mais tu te rends compte de la manière dont tu me parles ? lui lance-t-il un jour. Elle réclame, tempête, exige, assure qu'elle est déçue parce que leur relation n'évolue pas. Il lui dit qu'elle fait des caprices de bourgeoise.

— Mais tu es impossible à la fin !

Quand il veut raccrocher, épuisé, elle crie, non, attendez.

Agenda de Claire

Mercredi 28 septembre 1988
Déjeuner à l'Élysée, 13 heures.
Menu
Œuf mollet
Caviar
Crevettes
Bar grillé
Salade
Marquise au chocolat

L'après-midi, FM part pour l'assemblée générale de l'ONU, à New York.

Ils ont leurs rituels.

Ils dîneront ensemble tous les 12 juillet, jour de leur première rencontre. Il se libérera aussi chaque année pour l'anniversaire de Claire. Il n'en manquera qu'un seul, en raison d'un voyage à l'étranger.

Ils vont parfois dans un japonais, proche de l'Élysée, quand il a envie de poisson cru.

Le Pichet, à quelques pas des Champs-Élysées, est l'une de ses cantines préférées. Mais Claire n'aime pas y aller. Elle trouve le patron mielleux, empressé avec le président mais ne faisant aucun cas de sa jeune invitée. Mitterrand lui a raconté qu'il le connaissait depuis 1974. Il fréquentait son ancien établissement, La Gauloise, avenue de La Motte-Picquet, où se rendaient les caciques socialistes.

Elle ne se souvient pas d'avoir été au Divellec, un restaurant de poissons où le président allait pourtant déjeuner une fois par semaine avec des proches, des membres de sa famille ou des amis politiques. Mais elle a dîné souvent chez Le Duc, boulevard Raspail, réputé pour ses poissons et ses fruits de mer, décoré comme une cabine de yacht boisée.

Ils vont aussi à la Cagouille, un bistrot à deux pas de la gare Montparnasse, pour déguster une poêlée de coques, une chaudrée, soupe de poissons cuisinée à la mode charentaise, et un paris-brest, en dessert. Il raffole aussi du fontainebleau.

Lors de leurs tête-à-tête, il se montre attentionné, présent. Il n'est pas dans la représentation.

Il était là avec intensité, me dit Claire.

Avec lui, elle ne joue aucun jeu, elle serait aussitôt démasquée. Il n'y a donc pas d'autre choix que la sincérité, totale. Se montrer telle qu'elle est. Avec son inexpérience, sa naïveté, sa maladresse, sa jeunesse. À nu. Protecteur, il la guide et la conseille. Professoral, il la reprend, la corrige. De temps en temps, il lui dit en souriant, ça la met hors d'elle :

— Tu vois, les femmes ont une âme !

Un samedi d'automne. Ils marchent dans les rues de Paris, sous le ciel délavé. Mitterrand est passé la chercher. Il porte son imperméable beige, une écharpe rouge et sa casquette. Elle a enfilé un jean clair et un pull vert, qui fait ressortir ses yeux, a mis ses santiags. Elle évite de trop se maquiller, il aime le naturel. Tu es toute peinte, a-t-il fait remarquer un jour, alors qu'elle avait mis un peu de rouge à lèvres et du fard, pour lui plaire.

À ses côtés, Claire se sent protégée. Elle sait aussi qu'en public, dans la rue comme ça, il ne lui appartient pas tout à fait. Les passants les regardent, parfois les abordent. Elle aimerait les entendre ensuite, quand ils ont le dos tourné.

Il lui dit je suis fier de me promener avec toi.

Il lui dit on te prend plutôt pour ma fille.

Il lui dit tu me plais.

Mitterrand propose de s'arrêter chez Nicaise, boulevard Saint-Germain. En entrant, il lui demande de choisir un livre. Elle n'ose pas, ne connaît pas les prix. Il décide pour elle, s'empare des *Confessions de Nat Turner* de William Styron, dans une édition numérotée. Il l'a acheté pour lui-même cet été, quelques jours après leur premier dîner, et aimerait qu'elle le lise à son tour.

Quand il lui donne un livre, elle ne sait jamais s'il y a un message caché, une leçon à en tirer.

Ils sortent de la librairie, s'engagent rue de Rennes, continuent boulevard Raspail, lentement. Il propose d'aller voir les bouquinistes, sur les quais. Cette fois-ci, il n'achète pas. Il ne trouve pas ce qu'il cherche et n'a envie de rien.

Allez, dit-il, il faut rentrer maintenant.

Agenda de Claire

Samedi 1er octobre 1988
FM appelle vers 10 h 15.
Moi, froide :
— Je vous vois ?
Lui, rapide :
— Pas avant lundi.
— J'oubliais, samedi et dimanche ne sont pas des jours ouvrables ! Vous me faites tellement de mal…
— Ne dis pas ça. Si tu n'es pas capable d'assumer cette histoire, alors il faut arrêter.

La voiture traverse Paris dans la nuit. Elle aime ces moments près de lui, à l'arrière. Elle couvre leurs mains enlacées avec un pan de son manteau, un foulard ou une écharpe, pour ne pas être vus du chauffeur ou du garde du corps. Il se laisse faire jusqu'à un certain point. Quand la R25 stoppe à un feu, et que les motards remontent jusqu'à eux, il retire aussitôt sa main.

Un soir, il la dépose chez elle. Elle a envie de l'embrasser. La voiture se range le long du Drugstore. Claire lui demande à l'oreille s'il peut lui donner son écharpe. Il refuse. J'y tiens, c'est celle que je préfère. Elle ne réclame jamais rien mais cette fois, elle insiste. Donnez-moi votre écharpe. D'une main, Mitterrand la fait glisser autour de son cou, avant de la lui tendre.

Il dit qu'il désapprouve ce fétichisme idiot.

Agenda de Claire

Dimanche 2 octobre 1988

FM téléphone à 10 h 15.

— Tu me parais atteinte de la maladie, tu es amoureuse !

— Et vous, vous m'aimez ?

— Je suis habituellement très réservé sur ce sujet. Tu as un beau visage, tu n'as pas les pieds en dedans, tu as un corps qui n'est pas repoussant. Je dirais, comme dans les films, tu me plais.

— Pouah ! Allez, répondez. Vous m'aimez ?

— Dire je t'aime, c'est une promesse. Je ne peux pas t'en faire.

Il lui reproche de ne pas être le premier. Il veut savoir qui, avant lui. Exige des noms, des détails. Tu étais amoureuse de moi, pourquoi ne m'as-tu pas attendu ? Quand elle l'embrasse, il recule parfois brusquement, avec un air de dégoût. C'est comme ça que tu embrasses les autres ? Il la tourmente, l'empoisonne. Puis soudain, s'adoucit. L'incite à rencontrer un garçon de son âge. Elle jure que personne d'autre ne l'intéresse. Il lui dit qu'il voit bien ce qu'il ne peut lui donner, qu'elle doit vivre et aimer. Elle croit alors en une forme de générosité.

Claire emploie devant moi le mot magnanimité.

La fois suivante, il a encore changé. Visage crispé. Il la regarde avec cruauté. La questionne. Alors, tu as fait l'amour ? Il veut qu'elle lui raconte, tout savoir. Il devient mauvais. Elle dit que ça ne se passe jamais bien avec les autres. Qu'à un moment donné, dans leurs bras, elle pleure. Aussitôt, il s'attendrit, sourit.

Pendant les voyages officiels, il la surveille, s'agaçant

de la voir joyeuse, entourée. Il devient glacial. Un jour, il vient chercher Claire dans l'antichambre, au premier étage du palais, la trouve en grande conversation avec un conseiller de l'Élysée, qui vient d'épouser une amie chère.

— Qu'est-ce qu'il te voulait ? siffle Mitterrand. Ça suffit, il m'a déjà volé une amie !

Un jour, il lui dit :

— Marie-toi. Fais un enfant, tu l'appelleras François. Et continue de m'aimer.

L'officier de sécurité vient la chercher, alors qu'elle essaye de se faire oublier : le président vous demande. Il la conduit jusqu'à lui, dans la cohue. Mitterrand est entouré de journalistes et de photographes qui marchent à reculons. Monsieur le président, par ici ! Monsieur le président, s'il vous plaît !

— Pourquoi faites-vous cela ? Vous savez bien que je ne cherche pas la lumière.

Il la regarde en souriant.

— Mais tout le monde rêverait d'être à ta place !

Elle ne veut pas apparaître. Rester cachée. Nous lui cherchons un nom d'emprunt. Je lui propose Jeanne, Louise, Pauline, Marie ou Maya, Inès, Gabrielle. Elle aime bien Marie ou Pauline. Mais elle hésite. Me dit qu'elle voudrait un prénom qui a un sens pour elle. Et, si possible, pour lui. Elle me raconte avoir fait un stage dans un journal, plusieurs années avant d'entrer au Quai d'Orsay. Il lui fallait un nom pour signer. Mitterrand, qui prisait les jeux et les ambiguïtés, lui a trouvé un pseudonyme alors qu'ils marchaient aux Tuileries, dans la douceur d'une matinée d'été.

Le nom qu'il a choisi n'a pas d'importance.

Le prénom, c'est Claire.

Comme *Claire*, de Jacques Chardonne.

« Claire m'est apparue alors telle que depuis je l'ai vue toujours. Il n'y a pas une nuance de son caractère, un trait de son esprit que je n'aie perçu au premier regard. J'eus peut-être un peu d'hésitation pendant que nous marchions dans le parc, comme si un côté de sa nature m'était caché. Mais, quand elle ôta son chapeau, je vis entre les bandeaux un peu défaits et les sourcils sombres le petit front blanc qui illuminait son visage, et je m'aperçus qu'elle me plaisait complètement.

Il faut de l'âge pour savoir au juste ce que l'on aime. Les blessures et les fatigues de la vie ont affiné le tact. On ressemble à ces connaisseurs délicats que tout rebute : ce qu'ils apprécient avec discernement les ravit comme personne. Je jugeai Claire en connaisseur de moi-même et je sentis immédiatement, par une intuition pleine d'expérience, qu'elle était une femme à mon goût. »

(Jacques Chardonne, *Claire*, Grasset, 1931)

Leurs rendez-vous sont fixés d'une fois sur l'autre. Elle ne le quitte jamais sans avoir obtenu l'assurance de le revoir, ainsi qu'une date, un lieu, une heure. Parfois, entre deux rencontres programmées, elle réclame de le voir plus vite. Elle exige, implore. Il lui arrive de pleurer au téléphone. J'ai besoin de toi. Aide-moi. Mon amour. Je vais devenir folle. Quand il sent qu'elle vacille, il cède, libère un créneau dans son agenda. Aussitôt elle va mieux. C'est court, c'est insuffisant mais elle prend.

Avec lui, elle prend tout.

Claire ne vient jamais sans être annoncée. Elle gare sa petite moto, une Yamaha 125, à côté du kiosque à journaux, avenue de Marigny, traverse la rue à la hâte. Au début, elle montre ses papiers au garde républicain. Puis, même plus. C'est souvent le même gendarme qui l'accueille à la loge d'honneur. Elle le trouve sympathique. Il parle fort et aime plaisanter. Ça fait longtemps qu'il a compris.

À l'entrée du palais, elle n'est jamais tranquille. Hésitante, en retrait. Elle tremble de croiser un conseiller qu'elle connaît, redoute les questions que l'on pourrait se poser. La plupart du temps, la loge est déserte. Le gendarme appelle un huissier qui la conduit jusqu'au premier étage. Ou alors, il lui dit vous connaissez le chemin, et elle y va seule. Il faut d'abord longer la cour, grimper les quelques marches du perron, passer la porte vitrée, traverser le vestibule d'honneur où sont accueillis les chefs d'État étrangers, emprunter le grand escalier Murat, jalonné de palmes en bois doré.

Dans la première antichambre, Claire jette un coup d'œil aux portraits en pied de Charles de Gaulle et Georges Pompidou. Elle attend rarement longtemps dans la deuxième antichambre, meublée Empire. Puis, l'huissier l'introduit dans le salon doré, où Mitterrand a installé son bureau.

Il vient parfois à sa rencontre mais la plupart du temps, il reste assis derrière une élégante table de travail Paulin qui a remplacé le bureau Louis XV du général de Gaulle. Claire traverse la pièce silencieuse. Quand elle se trouve enfin devant lui, il lève un œil, lui sourit.

— Bonjour, donne-moi un instant, je termine ça.

La tête penchée, il signe des parapheurs, concentré sur son stylo Waterman à encre bleue. Il écrit « vu » en marge des notes qu'il reçoit, raye des pages entières, pestant contre ses conseillers :

— Qu'ils sont nuls, ils n'écrivent même pas français !

Elle attend un peu mais ne tient pas, se lève, tourne

en rond, s'approche des hautes portes-fenêtres, regarde le parc un instant, le jardin, le bassin, les marronniers et les chênes, le magnolia blanc que Mitterrand a fait planter. Elle s'impatiente, revient vers le bureau, se place derrière lui, l'enlace, se penche pour l'embrasser. Il se dérobe d'un geste, la gronde doucement.

— Quelle impatience ! Va te rasseoir.

Elle n'obéit pas, joue avec les œufs gigognes bon marché qu'elle a dégotés pour lui lors d'un séjour à la montagne. Mitterrand les a rangés sur la cheminée, dans son petit autel personnel, à côté de plusieurs photos auxquelles il tient : ses grands-parents maternels, Jules et Eugénie Lorrain, guindés devant l'objectif, et sa mère vénérée, Yvonne.

Il y a aussi plusieurs photos de paysages de Charente, où il a passé son enfance. Mitterrand a souvent parlé à Claire de ces mois d'août bénis dans la propriété familiale de Touvent, aux confins de la Saintonge et du Périgord, chez sa grand-mère Ninie. Il lui a décrit le chemin rocailleux parsemé de mûres qui mène à cette maison sans eau ni électricité, où l'on sonne la cloche pour le déjeuner. Lui a raconté ses longues promenades au bord de la Dronne, les odeurs d'herbe coupée, les peupliers, la douce lumière d'été. La joie, la solitude, la paix. Il lui a parlé aussi des larmes de sa grand-mère, vêtue de noir, assise en silence dans le coin d'une pièce vide de Touvent, parce qu'il fallait quitter la maison, vendue. Il a 12 ans et vit ce moment comme un deuil, le premier.

Quand Claire s'agace contre son père, froid et absent, il lui recommande d'être patiente. On ne se brouille pas avec ses parents, on le regrette toujours, insiste-t-il. Le jour où sa grand-mère tombe gravement malade, il l'incite à aller la voir. Quand elle répond que sa mère le lui a déconseillé, il insiste.

— Bien sûr que tu vas y aller, tu n'es plus une enfant !

Il m'éduquait, me dit Claire.

Le temps s'étire dans le salon doré, rythmé par le tintement régulier de l'horloge. Il n'a toujours pas terminé. Vaincue, elle finit par se rasseoir, détaille le bureau, toujours encombré : un encrier, un coupe-papier, un bouquet de lavande séchée, un scarabée en lapis-lazuli, des souvenirs de ses voyages à l'étranger, un marron du parc de l'Élysée. Dans ce fatras, se trouve aussi la montre de l'explorateur Jean-Louis Étienne, qui résiste au froid de l'Antarctique.

Elle l'attend.

Quand il aura terminé, ils iront dans la bibliothèque, pour déjeuner, ou dans les appartements privés. Elle ne sait jamais à l'avance le temps dont il dispose. Il y a un rituel, un protocole, mais pas de règles.

Il aime la maintenir dans le flou, l'incertitude.

Ils s'assoient devant un feu de cheminée, Baltique entre eux.

Ils caressent le labrador, leurs mains se rejoignent, ne se quittent plus.

Il l'embrasse doucement.

— Tu veux venir avec moi dans les Landes ?

— Oui.

— Mais est-ce possible ? murmure-t-il. Il faudra prendre des précautions.

L'obscurité enveloppe la terrasse. Nous terminons une séance de travail. Il est tard mais j'espère encore. Je lui demande si elle a retrouvé les cassettes de son répondeur. Depuis des semaines, je veux les écouter, mais à chaque fois que j'évoque le sujet, Claire se montre réticente, fuyante. Ce soir, elle n'hésite pas longtemps. Je la suis sous l'escalier, où elle a rangé une malle cloutée. Elle retire la pile de magazines posés dessus et l'ouvre doucement, avant d'exhumer les objets, un à un. Une paire de lunettes. Des échantillons Hermès, dans une trousse de toilette Air France, rapportée du dernier voyage officiel en Concorde. Un stylo offert par le Premier ministre du Québec. Du sirop d'érable, qu'elle n'a jamais ouvert. Une boîte de chocolats, elle ne sait pas ce qu'elle fait là.

Je suis une collectionneuse, me dit Claire.

Au fond de la malle, deux sacs en plastique. Les voilà. J'essaye de masquer mon impatience. Lui demande comment on va les écouter. Elle me dit qu'elle a gardé un radiocassette quelque part. Elle se lève, monte à l'étage, redescend avec l'appareil d'un autre âge.

La bande crisse, ronronne. Plusieurs bips sonores. Des bruits oubliés. Enfin, une voix. Lointaine, voilée. À peine perceptible. Un simple filet. Claire monte le son, rien n'y fait. On colle l'oreille contre le poste, à tour de rôle. On n'entend rien. Je suis déçue. Peut-être ces bandes ne résistent-elles pas au temps.

Claire sort une deuxième cassette du sac. Cette fois, la voix est plus nette. Et c'est bien la sienne, la voix de Mitterrand. « Allô, allôôô ? » Il raccroche. Une sonnerie. Un bip. « Je vous appelle entre deux réunions, je ne sais pas à quelle heure vous rentrez… » Bip. « Je pense que je dormirai ce soir quand vous rentrerez. Je vous appellerai vers 8 h 15 demain. J'espère vous trouver. Au revoir. » Bip. « Allô ? Je vous avais dit que je vous appellerais un peu avant 7 heures… mais vous n'êtes pas là… » Bip.

— Ça me replonge dans quelque chose de…, commence Claire, sans me regarder.

Troisième cassette. Mêmes chuintements quand la bande se met à tourner. Et cette voix, toujours, qui alterne le tu et le vous. « Bonsoir. Je viens de rentrer de Loire-Atlantique. Je vous appellerai ce soir plus tard. En tout cas demain matin. » Bip. « Bonsoir, il est 10 heures moins le quart pour l'instant. Je fais un petit bonsoir. Sinon j'appellerai demain matin. Bonne soirée. » Bip. « Tu vois, il est 11 h 10 ce soir, ce n'est pas très raisonnable… J'appellerai demain. Au revoir. » Bip. « Bonsoir, il est 2 h 02, je tombe de sommeil alors à demain, au revoir. » Bip. « Bonjour, je t'appelle alors que tu viens de partir… je rappellerai vers 6-7 heures ce soir. »

Il y a d'autres voix sur ce répondeur, plus jeunes, enjouées, des amies de Claire qui lui racontent leur journée, l'appellent par un surnom, un sobriquet, lui demandent de rappeler, la réprimandent parce qu'elle ne l'a pas fait, proposent de se « faire une toile », fixent des rendez-vous dans des cafés, lui font de « gros bisous ».

Et puis, il y a sa voix à lui. Je reconnais ce timbre, un peu suave. Mitterrand, qui se méfiait du téléphone, ne dit rien de précis ou de compromettant. Mais le ton qu'il emploie est tendre et doux, enveloppant. On prend une nouvelle cassette. « Bonsoir, je vois que vous êtes partie pour la campagne, c'est très bien. Je vous rappellerai. » Bip. « Allô ? Je téléphone un peu en retard, vous êtes déjà partie. Je rappellerai vers 10 heures ce soir. Au revoir. » Bip. « Il est minuit et quart, une heure déjà tardive, alors je rappellerai demain matin. Bonne nuit. » Bip. « Quelqu'un passe de bonnes vacances. Et va revenir bronzée mais pas trop. Bonsoir. » Bip. « Il est maintenant un peu plus de 10 h 30 le soir et je ne sais pas si je vais tenir jusqu'à plus tard. Si je ne tiens pas je t'appellerai demain matin. Parce que j'ai besoin de dormir, aussi… Surtout ne bois pas ! Au revoir. »

Claire se tourne vers moi, avec un drôle d'air.

— Ça y est, tu l'as, la preuve que tu attendais.

Agenda de Claire

Mardi 4 octobre 1988
FM appelle à 11 h 30, je suis absente.
Il rappelle à 21 h 45.
— J'ai eu une journée chargée, au revoir.
— Non.
— Si. Tu dis toujours non.
— Je veux décider un peu, c'est toujours vous. C'est déjà vous qui décidez d'appeler !
— C'est normal, je suis l'homme.

Claire s'est habituée à ce corps, qui s'accorde si peu au sien. Elle a tout le temps besoin de le toucher. Il se méfie de son empressement, de sa fougue. Quand il n'est pas prêt, il a un moment de recul, lui dit attends. Il lui a demandé si elle connaissait le mot « horripiler », au sens premier : « provoquer le hérissement des poils qui couvrent le corps ». Quand ils se disputent, elle lui tourne le dos, s'écarte à l'autre bout du lit. Il est déçu.

— Ah bon ? Rien ne touche ?

Ce grand président emploie parfois des mots d'enfant.

Agenda de Claire

Vendredi 21 octobre 1988

FM téléphone, 10 heures.

— Tu es malheureuse. Alors, va voir ailleurs. Je t'avais prévenue.

Mitterrand a insisté pour qu'elle vienne à la panthéonisation de Jean Monnet. En rentrant de la cérémonie, dans le froid de la nuit, Claire note un morceau du discours, pour ne pas l'oublier : « Mais Jean Monnet est déjà cet homme de silence, pour lequel toute parole est acte. »

Le lendemain, elle lui demande si cette phrase est de lui.

— Mais bien sûr, de qui veux-tu ? répond-il. Tu as aimé la cérémonie ?

— Oui, vous étiez bien.

— Je n'étais pas trop cagneux, tordu ?

— Non, tout était parfait, sauf votre cravate.

— Oh je l'adore, elle est magnifique !

— Vous devriez mettre les miennes !

— Je les mets mais elles sont un peu sombres… Par contre, je mets beaucoup ton écharpe.

Pour son anniversaire, un mois plus tôt, Claire lui a offert une écharpe Saint Laurent verte, en cachemire.

— Oui, j'ai vu, poursuit-elle. En Allemagne, l'autre jour, vous l'aviez.

— Comment tu as vu ?

— À la télévision, où voulez-vous ?

Il semble ravi. Il lui demande si le fait de l'avoir écouté au Panthéon lui a donné des émotions.

Il lui fait lire *Lettres à une amie*.

Mitterrand est intarissable sur ces lettres que Clemenceau a écrites, à la fin de sa vie, à son dernier amour, Marguerite Baldensperger.

Il a 82 ans, et elle 40.

Clemenceau et Marguerite échangent des lettres de « vivante tendresse » pendant six ans, jusqu'à la mort du « Tigre ». « Je me sens refleurir comme un vieux chardon desséché, lui écrit-il. (...) En arrivant à la gare, vous verrez un vieux canasson qui fait le pur-sang. (...) Je vous souhaite un impétueux bonjour. Votre lettre, mieux qu'exquise, a gonflé mes ailes comme fait la brise marine d'une vieille hirondelle au bord d'un toit. (...) Imaginez un mort qui serait plus vivant que la vie : voilà mon état d'âme. »

Il lui dit aussi : « Deux vieux, nous n'aurions rien à nous dire, puisque nous n'avons pas traversé la vie du même pas. Vous jeune, et moi vieux, je peux vous raconter la vie, et vous, vous me la chanterez. (...)

Quand je ne serai plus qu'un souvenir, je voudrais que vous me sentiez encore auprès de vous. »

Claire s'est procuré le lourd recueil, six cent soixante-huit lettres. Elle aime ces mots de Clemenceau, qu'il lui répète : « Je vous aiderai à vivre et vous m'aiderez à mourir. » Mitterrand lui parle aussi de Victor Hugo et sa dernière passion pour Blanche Lanvin. Elle a 21 ans, le poète presque 70. « Tant que l'homme peut, tant que la femme veut… », écrit Hugo.

Quand Claire cherche à savoir quelle est sa place, Mitterrand lui répond toujours :

— Tu resteras jusqu'à la fin.

Agenda de Claire

Mercredi 16 novembre 1988

Ma Teigne au téléphone, 20 heures.

— Où vas-tu ?

— À ma soirée en robe longue.

— Depuis que je te connais, tu es sortie tous les soirs ! Ce n'est pas un reproche…

— Je n'ai que ça à faire, puisque je ne vous vois pas !

— Tu vas boire ?

— Oui.

— C'est bien, abîme-toi !

— Je vous embrasse.

— Moi aussi. Tenez-vous bien.

Il examine une demande de grâce. Claire est assise à sa place habituelle, face à lui, sur le fauteuil de gauche. Elle n'aime pas celui de droite d'où, gênée par la lampe, elle le voit moins bien. Mitterrand lève la tête et lui expose la situation d'un condamné. Il énumère les crimes commis.

— On me demande de le gracier, qu'est-ce que tu en penses ?

Claire secoue la tête.

— Non, c'est trop grave, cet homme doit rester en prison.

Mitterrand hausse les épaules et sourit.

— Qu'est-ce que tu es méchante.

Il signe la grâce.

Agenda de Claire

Samedi 19 novembre 1988
FM appelle à 13 h 40.

— Où êtes-vous ?

— Pas loin, dans ma voiture.

— Je croyais que vous n'aviez pas le téléphone dans votre voiture !

— Mais je n'ai pas le téléphone dans ma voiture, j'appelle d'une autre voiture. J'ai délogé les gendarmes pour pouvoir t'appeler. Ah ! Tu es inquisitoriale !

— Et où êtes-vous ?

— Je suis allé à l'hôpital de la Pitié-Salpêtrière. Un de mes amis est en train de mourir.

— Et maintenant, où partez-vous ?

— Ah là là, tu recommences ! Je pars dans la Nièvre…

— Vous aimez la Nièvre ?

— Oui, pour la lumière.

L'ascenseur monte en silence. Dans l'entrée, elle l'aide à enlever son manteau. Claire a posé une douzaine d'huîtres et une salade sur la table basse. Ils ne sont pas très bien installés. Mitterrand, alors qu'il assurait en entrant qu'il n'avait faim pour rien, trouve les huîtres délicieuses, ça l'étonne. Elle lui caresse le cou, les cheveux, pendant qu'il mange. Parfois, il se débat. Là, non, il se laisse faire. Tandis qu'elle lui sert un café, il feuillette un magazine, commente ce qu'il lit. Un entretien avec Yves Montand l'irrite.

— Qu'il peut être bête celui-là, non ?

Il passe ensuite en revue la famille de Monaco. Mitterrand trouve Caroline ravissante. Stéphanie, moins.

Il énumère :

— En un, je mets Caroline, en deux, toi, et en trois, Stéphanie.

Il demande à Claire si elle aimerait épouser le prince Albert. Elle s'offusque à cette idée.

— Tu es très classique, au fond, lance-t-il. Comme nos grands-mères !

Ils rient.

— Finalement, j'ai de la considération pour toi, ajoute-t-il.

— J'aime le « finalement »… ! soupire Claire.

Ils rient encore.

Pour l'inviter à rejoindre sa chambre, à l'Élysée, il prend un air entendu, mime le chemin avec le doigt. Il lui ordonne parfois de partir la première, et la suit de près. Claire quitte alors le bureau et se dépêche d'arriver dans les appartements privés, gênée de se trouver seule dans un couloir du palais. Effrayée à l'idée de croiser un huissier, qui lui demanderait ce qu'elle fait là.

Elle lui offre une cassette de soixante minutes. Il n'y a qu'une seule chanson dessus.

— Qu'est-ce que c'est ?

— Une chanson.

— Laquelle ?

— Vous verrez bien.

— C'est quelque chose que tu aimerais me dire et que tu ne sais pas me dire ?

— Oui.

Trois jours plus tard, elle trouve un radiocassette posé sur la table de nuit dans la chambre du président, à côté du lit.

Claire n'a jamais voulu me donner le titre de la chanson.

« Dans la vie, toutes nos paroles sont improvisées et nos actes sont des étourderies plus ou moins favorables. Nous sommes dans la main des dieux. La fatalité est la poésie du monde. »

(Jacques Chardonne, *Claire*)

Elle apprend à dissimuler, s'arrange avec la réalité. Elle parle de l'homme aimé en disant qu'il est marié, c'est vrai, qu'il est avocat, c'était vrai, et qu'il est plus âgé qu'elle, vrai aussi. Quand une conversation glisse devant elle sur François Mitterrand, éventuellement sur les nombreuses maîtresses qu'on lui prête, elle affiche un masque d'où rien ne transparaît.

Personne n'a jamais deviné.

Au cours de la première année, elle décide de se confier à une amie, la fille d'un préfet, qui vit chez ses parents dans un grand appartement dominant la Seine. Avec hésitation, d'abord, puis avec ferveur, Claire raconte tout. La peur, l'excitation, l'admiration, la joie, le manque, le chagrin, l'exaltation quand elle part le retrouver, l'attente anxieuse de ses appels, les livres, les flâneries dans Paris. Elle raconte aussi le premier baiser. La fille du préfet se tait.

— Ça me dégoûte, finit-elle par lâcher.

Ce verdict scelle la fin de leur amitié.

Cinquante ans d'écart, c'est écrasant, mais moi je trouvais ça beau, me dit Claire.

Après cette confession, elle n'en a plus parlé à personne, en dehors du petit cercle de ses amis intimes.

Elle poursuit : Je ne voulais plus qu'on salisse mon histoire. Je voulais la vivre, puis la chérir un jour, en paix.

Claire se souvient aussi du geste de Michel Charasse, le fidèle conseiller, à qui François Mitterrand pouvait tout demander, le gardien des secrets. Dans une voiture qui filait quai Voltaire, le mamelouk du président, qu'elle aimait bien pourtant, l'avait regardée d'un drôle d'air en faisant glisser lentement son pouce sous sa gorge :

— Si tu parles…

Agenda de Claire

Dimanche 20 novembre 1988

FM appelle à 10 h 15.

— Qu'as-tu fait hier ?

— Rien. Et vous ?

— Rien. Et aujourd'hui, que vas-tu faire ?

— Rien…

— Bon, c'est un concours de rien. Où est la joie de vivre ?

Il cherche quelque chose du regard. Contrarié, il interroge le maître d'hôtel.

— J'avais une statue, là...

— Oui Monsieur le président. Une sculpture de Camille Claudel.

— Où est-elle passée ?

— On est venu la chercher vendredi soir.

— J'avais demandé qu'on me la laisse jusqu'à lundi ! Bon, bon. Ils ont dû l'emporter à Versailles pour la nettoyer.

En rentrant du golf, il a improvisé, appelé Claire à 12 h 20, pour l'inviter à déjeuner à l'Élysée. Moins d'une heure plus tard, elle est là. Mitterrand ne s'est pas changé, il porte sa veste de velours beige et son gilet. On leur sert des lentilles et une tarte aux pommes. Il est de méchante humeur.

— Dans *Le Point*, ils m'attaquent, commence-t-il d'emblée. Ils disent que je suis un monarque, parce que j'ai mis mon emblème, le chêne et l'olivier, sur le drapeau. Ce serait inconstitutionnel… Mais ce n'est pas vrai ! Ils me critiquent aussi parce que je me promène tous les jours. Mais j'ai besoin d'exercice, moi ! Sinon, un homme de mon âge…

Il donne un sucre à Baltique.

— Qu'as-tu fait ce matin, tu es sortie ?

— Oui, chez des amis.

— Le matin, comme ça, que peut-on faire chez des amis ?

— Rien de spécial, on se voit, c'est tout.

— On discute ? On fait l'amour ?

— Qu'importe… !

— Mais si, raconte ! Ça m'intéresse de connaître l'évolution de la société, vois-tu.

À la fin du déjeuner, il demande à Claire de monter avec lui dans les appartements privés, il veut qu'elle récupère sa montre, oubliée la dernière fois. Elle l'embrasse dans l'ascenseur, logé derrière l'escalier Murat. Mitterrand va chercher la montre. Claire attend à la porte, dans la petite salle de bains de l'impératrice. Elle veut l'embrasser encore quand il revient. Il lui dit, tu es folle. Elle n'abdique pas. Tu es folle, répète le président, qui se laisse finalement entraîner vers la chambre. Il la regarde en souriant :

— Tu veux gouverner le monde avec tes désirs ?

Dans le bureau, ils s'installent dans le petit salon, à gauche de l'entrée. Mitterrand lui montre le fauteuil en face du sien, faisant remarquer que quelqu'un peut entrer. La nuit tombée, ils font très attention à ne pas être vus du parc ou d'une autre aile de l'Élysée. Un soir, ils se cachent entre deux portes-fenêtres pour s'embrasser. Parfois, il sursaute en entendant un craquement, à côté. Mitterrand va vérifier dans le bureau des secrétaires, revient. Si Claire veut l'embrasser encore, il la repousse doucement :

— Arrête, on ne va tout de même pas s'effondrer là !

C'est toujours lui qui met fin à leurs rencontres. Il va falloir que tu partes, j'ai un rendez-vous important juste après toi. À droite de son bureau, il a une petite table, plus basse, où se trouvent le téléphone crypté, le téléphone interministériel et la sonnette pour l'huissier. Quand Claire insiste pour rester, il lui arrive de l'utiliser.

Toute la journée, elle a pensé à lui. C'est une maladie, plaisante-t-il quand il l'appelle à minuit, depuis la préfecture de Montpellier. Le sommet franco-espagnol s'est clos par un dîner. Mitterrand a trouvé les ministres espagnols très sympathiques et se félicite qu'ils parlent tous le français. Claire lui demande s'il maîtrise une langue étrangère. L'anglais et l'allemand, répond Mitterrand. Alors pourquoi ne vous entend-on jamais ? poursuit-elle. Par timidité, se défend-il. Il a peur de mal prononcer et d'être ridicule. Elle rit. De toute façon, je suis français, je parle français, insiste Mitterrand, un peu vexé. Claire lui fait remarquer que Felipe González fait bien l'effort de parler français, lui.

— Moi, je suis français et je parle français, répète-t-il avant de faire mine de raccrocher.

— Non attendez, le retient Claire, parlez-moi encore…

— Alors parle-moi de toi.

Elle lui dit qu'elle a changé. Elle ne vit que pour le

voir, l'entendre, penser à lui, elle énumère dans l'ordre. Elle ne fait plus rien d'autre, fatiguée de l'incertitude.

— Je comprends, répond Mitterrand. Quelles sont les choses importantes pour toi ? L'amour ? La politique ? L'art ? Et, en dernier, le travail ?

— L'amour ! J'ai besoin de savoir...

— Pose-moi des questions.

— Est-ce que vous m'aimez ?

Il lui dit qu'il ne va pas lui répondre comme ça.

— J'aimerais savoir ce qui vous motive, poursuit-elle, quel intérêt avez-vous à me téléphoner ?

— Je ne sais pas. Tu m'obliges à m'interroger sur moi-même. Tu es têtue, comme Jean-Pierre Chevènement !

Il rit.

— Tu es sympathique...

— C'est tout ?

— Tu es intéressante, c'est agréable d'être avec toi. Tu es tendre et un peu brute à la fois.

— Oui ?

— Je te crois capable de beaucoup d'abnégation, de volonté, de logique avec toi-même. Tu as arrêté de fumer, par exemple ! Tu as beaucoup de qualités.

— Je n'ai pas de projet déraisonnable.

— Si ! Me réclamer un week-end, c'est déraisonnable.

— Je ne vous demande pas de m'épouser, de vivre avec moi !

— Ah tu le ferais ?

— Oui ! Mais je sais que ce n'est pas possible.

Il veut l'aider à trouver du travail. Lui demande si elle aimerait être députée. Ou, pourquoi pas, travailler dans l'audiovisuel.

— Je crois que finalement, j'ai envie de travailler avec vous, répond Claire.

— Ah ? Je croyais que tu ne voulais pas…

— Nous aurions quelque chose en commun, un projet ensemble.

— Tu vas flirter avec mes collaborateurs !

— Jamais !

— Bon, on en discutera.

Elle se tait un instant.

— Je suis peut-être ridicule de vous dire tout cela, je ne connais pas l'état de vos sentiments.

— Non, non, tu ne l'es pas. Tu dois être belle ce soir.

Un jour, il lui dit aussi :

— Tu as plus d'influence que tu ne crois.

Un dimanche, tard, Mitterrand l'appelle depuis la rue de Bièvre. Il lui dit qu'il a essayé de la joindre le matin même, à 8 heures et quart. Il semble contrarié.

— Tu n'as pas répondu. Tu n'as pas dormi chez toi, où étais-tu ?

Devant le silence de Claire, il s'énerve.

— Vous voyez ? lui lance-t-elle, quand moi je vous demande avec qui vous êtes, avec qui vous avez dormi, vous ne me répondez pas non plus.

Ce n'est pas pareil. Toi, tu es une fille.

Ils se retrouvent à la statue de Danton, à Odéon. La voiture du président l'attendra place de la Concorde. Ils ont une heure et quart. Ils descendent le boulevard Saint-Germain, tournent rue de l'Échaudé, puis s'engagent rue de Seine. Le ciel est pur, dégagé. Mitterrand répète que ce n'est plus possible, qu'ils doivent rompre.

— Mais pourquoi, demande Claire, je ne vous détourne pas de votre fonction.

— C'est limite, répond-il, souriant à moitié.

Il se tait. Puis reprend.

— Il faut que ce soit plus comme avant et moins comme après…

— Je ne comprends pas.

— Tu fais semblant.

— Mais non, je vous assure.

— Avant, on ne faisait pas l'amour.

Quai de Conti, ils passent devant l'Académie. Il lui montre l'Institut d'un geste de la main.

— Si je ne m'étais pas présenté comme président de la République, je serais allé là.

Un silence.

— En tout cas, j'aurais pu, si j'avais voulu.

Il lui raconte qu'il a reçu Michel Debré, nouvel élu sous la Coupole, pour sa visite protocolaire au président de la République avant son discours de réception. Il était accompagné de Jean d'Ormesson. S'il n'avait pas donné son accord, l'ancien Premier ministre du général de Gaulle n'aurait pu être élu au fauteuil du duc de Broglie, précise-t-il.

— Napoléon a refusé pour Chateaubriand. De Gaulle pour Paul Morand et Saint-John Perse. Moi, je m'en fiche.

Un homme passe près d'eux dans une camionnette blanche :

— Salut Tonton !

Mitterrand fait un petit signe de la main.

— Je ne sais pas pourquoi on m'appelle Tonton, ce surnom est ridicule !

Elle a envie de l'embrasser. Plusieurs personnes l'ont reconnu, l'accostent. Quand ils repartent, Mitterrand se penche brusquement vers elle pour lui dire quelque chose à l'oreille, elle est gênée. Ils poursuivent leur marche, dans la douce lumière de l'automne. Ils s'arrêtent devant les galeries d'art et les antiquaires, se moquent d'une écharpe beige en laine tricotée, dans une vitrine. Il lui dit qu'elle est belle, qu'il n'avait pas vraiment remarqué au début.

— Quand tu venais rue de Bièvre, avec ton ami Benoît, tu te dandinais.

Il l'imite.

— Ça m'énervait.

Puis, d'une voix très douce :

— Tu as encore les traits de l'enfance.

Des pigeons prennent leur envol, juste devant eux. Il poursuit :

— Tu trouves que nos chairs s'entendent ?

— Oui.

— Tu trouves ça normal ?

— Oui, pourquoi ? Pas vous ?

— Non, pas avec toi. Cinquante ans d'écart !

Il redevient songeur.

— Je bats un record. Il faudrait que je trouve encore plus jeune mais cinquante-deux ans, ça n'apporterait rien de plus ! Cinquante, ça sonne juste, c'est un chiffre rond.

Elle lui dit qu'il est monstrueux de dire une chose pareille.

Il se met à chantonner « Ne me quitte pas » de Jacques Brel.

— Voilà, c'est cela, lance-t-il : ne me quitte pas. On gardera une relation privilégiée. On se verra pour toujours maintenant. Mais pas comme amants. J'aurais dû me dire que j'arrêterais de faire l'amour à 70 ans.

Elle hausse les épaules, ne répond pas.

Il se remet à fredonner.

Il l'appelle de Rhodes.

— J'aime ta petite voix ce matin.

Il dit qu'il peut voir la côte turque, lui décrit le palais des chevaliers.

— Tu as bien dormi ?

— Non. Je me réveille tout le temps, en ce moment.

— Et tu penses ?

— Oui.

— Je fais partie de ces pensées ?

Il soupire en s'asseyant, dit que c'est terrible d'être vieux, qu'il a des graviers entre les articulations. En buvant son bouillon, il fait remarquer qu'elle sort beaucoup, semble avoir plus d'amis qu'avant.

— Tu es en train de devenir normale.

— Non, je ne veux pas !

— Mais si. Et tu vas me quitter.

— Mais non…

— Tu vois, tu hésites… c'est déjà fait ! De toute façon, c'est normal, je te le souhaite.

Il la regarde.

— Si tu étais ma fille, je m'intéresserais à toi. Si j'étais ton père, je m'inquiéterais que tu sois avec un septuagénaire. D'ailleurs je vais jouer un peu le rôle de ton père, puisqu'il ne s'occupe pas de toi.

Souvent, il se moque : Tu es une petite bourgeoise de province.

Elle lui renvoie : Comme vous.

Il dit c'est vrai, et ils rient.

On leur sert du caviar et du saumon. Il mange le caviar mais donne le saumon à sa chienne Baltique, expliquant que c'est trop riche pour lui. Claire l'interroge sur ses goûts littéraires. Mitterrand confie une tendresse particulière pour Barbey d'Aurevilly, Giono et Montherlant. Il ne comprend pas René Char et Francis Ponge, affirme que Malraux et Gide ne passeront pas à la postérité. Il préfère de loin Cocteau et Aragon. Il lui dit aussi qu'il ne comprend rien aux romans policiers, qui l'ennuient. Elle lui avoue ne pas aimer Balzac, il s'étonne. Il voudrait qu'elle s'intéresse aussi à Lou Andreas-Salomé, qu'il admire : l'une des premières femmes psychanalystes, précise-t-il, elle a connu Freud et aimé Nietzsche et Rilke, il juge cela remarquable.

Il lui raconte aussi la liaison passionnée entre Virginia Woolf et Vita Sackville-West, puis entre cette dernière et Violet Trefusis, une aristocrate britannique qu'il a connue à Paris, après la guerre. Il allait souvent la voir dans sa maison de Florence, la villa dell'Ombrellino qui surplombe l'Arno, ou dans sa propriété de Saint-Loup. Il lui demande si elle a lu *Orlando*, le roman que Virginia Woolf a tiré de l'histoire entre Vita et Violet.

À la fin du déjeuner, il lui offre une coupe en argent et du sirop d'érable, rapporté du Canada.

Comme à une enfant, note Claire dans son carnet.

Agenda de Claire

Mercredi 7 décembre 1988

FM au téléphone, 8 h 40.

— Tu as pensé à moi ?

— Oui, toute la journée.

— C'est disproportionné.

— À part vous, rien ne m'intéresse.

— C'est totalitaire.

— Aujourd'hui, ça fait quatre ans que l'on a pris notre premier petit déjeuner ensemble.

— Tu as eu avec moi des émotions que tu n'avais jamais ressenties avant ? Ou alors tu avais déjà tout vécu ?

— J'aimerais vous voir davantage.

— Laisse-nous le temps d'harmoniser nos emplois du temps. C'est un embarras tragique.

— Alors ?

— Attends, j'ai épluché de très près. Viens ce soir

à 19 heures. Bon, je te laisse, j'ai mon Conseil des ministres à préparer, moi !

L'hiver est glacial. Claire a oublié de mettre le chauffage, il a froid. Il juge le lit trop mou. Quand il était étudiant, il dormait par terre dans le train et les gens l'enjambaient. Même chose pendant la guerre. Quand il s'est évadé, il dormait le jour et marchait la nuit. Ça a duré vingt-deux jours avant qu'il ne soit repris à la frontière. Il a tenu grâce à une ration quotidienne de dix biscuits.

— J'ai dû perdre des calories que je n'ai jamais plus reprises. Ça me ferait du bien maintenant, je suis gros.

Il ignore les dénégations de Claire.

— Qu'est-ce que tu me trouves ? Je suis petit, vieux, gros et chauve.

Il tire sur la peau de ses joues.

— Regarde, ça dégouline. Ça te donne encore envie ?

Elle lui demande pourquoi il ne parle pas d'eux à ses amis.

— J'ai le sens du ridicule.

— Vous nous trouvez ridicules ?

— Non. Mais d'autres, dans la même situation, je les trouverais ridicules.

Elle lui répète qu'elle l'aime.

— Tu ne sais pas ce que c'est.

Elle insiste.

— Je suis quoi pour vous ? Votre maîtresse ?

— Mais non !

Il rit.

— Votre petite amie ?

— C'est comme ça qu'on dit ?

Il sourit :

— Tu es mon idole !

Un silence.

— Et moi, je suis quoi pour toi ?

— Tout.

— Tu es sentimentale et sensuelle. Ce sont les femmes auxquelles on s'attache.

Il désigne d'un geste le canapé, près de la fenêtre.

— Tu te souviens de la première fois ? Tu m'en veux d'avoir été faible ?

Il l'appelle le soir même, à 23 h 15. Ils se chamaillent au téléphone. Claire lui en veut. Il n'est resté qu'une heure chez elle, tout à l'heure. Et la veille, à l'Élysée, il l'a délaissée, n'ayant pas terminé le discours qu'il devait prononcer en l'honneur du physicien et dissident russe Andreï Sakharov. Il a travaillé toute la durée du rendez-vous. Tu es une muse, lui a-t-il dit en souriant, avant de la chasser.

— On ne se voit jamais, regrette Claire.

— Mais je t'ai vue plus longtemps que Sakharov et Walesa ! plaide-t-il.

Elle soupire :

— Si vous croyez que ça me flatte !

Il est déçu.

— Quittez-moi ! lâche-t-elle brusquement.

— Pourquoi moi ? demande Mitterrand.

— Parce que j'en suis incapable, moi. Il faut qu'on arrête. C'est trop difficile.

— C'est bien d'avoir tenté l'impossible.

Quand Claire descend dans le hall de son immeuble, la gardienne tire le rideau de sa loge et engage la conversation, l'air de rien.

Elle aussi attend le président.

C'est une Bretonne. Claire se souvient qu'elle avait les cheveux roux, très fins, une permanente.

La gardienne, elle, se souvient de la fille du septième.

Pendant huit ans, elle a vu passer François Mitterrand devant sa loge.

Elle n'a jamais rien dit.

La fin de l'année approche. Trois jours avant Noël, Mitterrand invite Claire à déjeuner à l'Élysée, après le Conseil des ministres. On leur sert des huîtres et du lapin, dans la bibliothèque. Il demande si c'est Jean-Claude qui a cuisiné.

— Non, c'est Madame Mazet, répond le maître d'hôtel. Jean-Claude est descendu à Latche.

Le président jette un regard complice à Claire. Puis, quand ils se retrouvent seuls :

— Tu as vu, il a dit « descendu » parce que c'est plus bas sur la carte.

Ils rient.

Mitterrand a recruté Danièle Mazet comme cuisinière personnelle. Elle vient du Périgord, c'est Joël Robuchon qui la lui a présentée. Elle prépare ici ce qu'il aime, une cuisine simple et familiale. Il précise que c'est la première fois qu'une femme est engagée à ce poste à l'Élysée. Quand Baltique vient se coller à eux, il ne la repousse pas, tente de lui apprendre à donner la patte et s'attendrit devant ses progrès.

— Regarde-la, veux-tu ? lance-t-il à Claire.

Il sera dans les Landes à Noël. Ensuite, il part pour l'Espagne, dont il ne connaît que sept ou huit villes, détaille-t-il. Cette fois, il visitera Grenade. Elle lui rappelle qu'il a promis de l'emmener au fort de Brégançon.

— Pas tout seuls ! s'offusque-t-il.

— Si ! Un week-end ! Pourquoi pas le premier de janvier ?

— Tu rêves beaucoup trop. On verra… Ça fait un an que je n'y suis pas allé.

Ils se taisent, se regardent un long moment.

— C'est la dernière fois qu'on se voit en 1988, murmure Mitterrand, soudain mélancolique.

— Peut-être le 31 décembre, non ?

— Peut-être mais il y a les vœux à préparer et je fais toujours tout à la dernière minute. Je commence à écrire mon message aux Français, je raye, je réécris, ça prend du temps.

— Eh bien cette fois vous vous dépêcherez !

— C'est du travail ! se défend le président.

— J'espère bien que je vous verrai ! insiste Claire.

Il sourit.

— Qu'est-ce que cela pèse à côté des grandes causes nationales ?

Le déjeuner terminé, ils montent dans son bureau. Mitterrand s'excuse de ne pas avoir de cadeau pour elle et la remercie pour le sien, un joli carnet relié. Claire lui demande de lui écrire dessus. Il répète : pas de traces, pas de traces. Elle lui dit qu'elle a tout prévu : il écrira, lui donnera ensuite le carnet, elle lui répondra, et ainsi de suite. Et à la fin, promet-elle, il pourra garder l'original. Elle est fière de son plan, qu'elle croit imparable.

— Tu es vraiment amoureuse pour avoir des attentions comme ça, c'est attendrissant. Tu es pleine de poésie.

Elle s'approche soudain, lui vole un baiser.

— Veux-tu ! fait-il mine de s'offusquer.

Il ferme les yeux, lui dit qu'il est fatigué.

— Il y a l'arbre de Noël en bas, mais ils attendront. Je ne suis pas obligé d'y aller tout de suite… Ils me traitent de monarque déclinant maintenant. Mais je vais encore leur en faire voir ! Tu trouves que j'ai l'air d'un monarque déclinant ?

— Déclinant, non.

Elle sourit, veut l'embrasser encore. Il dit non, pas ici. Puis il se laisse faire. Ils s'embrassent sans s'arrêter.

Dans son agenda, à la date du 21 décembre 1988, Claire note : « Il n'a jamais eu l'air autant attaché à moi. Il semble un peu triste, préoccupé. »

Le 26 décembre, il n'appelle pas.

Le 27, non plus.

Claire s'inquiète.

Le 28, elle téléphone dans les Landes, puis à l'Élysée, où l'on lui dit qu'il est absent.

Mitterrand l'appelle enfin le soir, il vient de rentrer d'Espagne.

— J'étais inquiète, j'avais peur qu'il vous soit arrivé quelque chose.

Le 29 décembre, il lui dit qu'il est dans les Landes, et qu'il part pour Strasbourg, où il doit enregistrer ses vœux aux Français.

Il lui téléphone le 30.

— Tu es provinciale, romantique, fidèle et possessive et tu as une idée fixe : une nuit.

— Provinciale ?

— Oui, je suis comme toi. Tu te poses des questions profondes. Tu n'es pas gâchée par les mondanités parisiennes. C'est pour ça que tu m'intéresses.

Ils se voient le 31 décembre.

Il n'a pas tout à fait terminé le texte de son allocution télévisée.

Claire est triste. Lui, tendre.

Il se lève, vient l'embrasser, se rassoit, lui prend les mains.

— Je peux t'appeler ce soir vers minuit dix, pour te souhaiter la bonne année ?

— Je ne serai pas là, répond-elle.

Il semble déçu.

Agenda de Claire

Mercredi 4 janvier 1989

— Aujourd'hui, j'ai les vœux du corps diplomatique. Je vais être debout toute la journée. On va voir si je vais tenir. Peut-être que ce soir je serai mort, tu l'apprendras demain.

— (...)

— C'est l'hiver, la saison où les vieillards claquent.

— Mais non...

— Si, si, c'est prouvé.

Le 7 janvier, elle lui dit que c'est la dernière fois qu'ils se voient.

— Je n'en peux plus. Du bureau, à la chambre, au lit… et puis ça recommence !

Il lui prend les mains.

— Ne t'arrête pas aux conditions matérielles, l'important c'est ce qu'il y a là.

Il désigne son front du doigt.

— Si je vous quitte, on ne se verra plus, insiste-t-elle.

— Tu me manqueras. Ça durera quelques mois. Et puis, tu reviendras.

— Non.

— Ce serait dommage. On a une relation peu ordinaire, tu sais. Il me semblait qu'il existait un trait d'union entre nous. On aurait pu faire un tas de choses ensemble…

— Faisons-les ! dit Claire.

— C'est trop tard.

— Non, rendez possible maintenant ce qui aurait pu l'être.

Il la regarde.

— Est-ce que tu veux forcer le destin ?

— Oui.

— Alors, forçons-le.

« Quand je dis à Claire que les circonstances nous sont favorables et que c'est ainsi qu'on est heureux, elle ne veut pas m'entendre. Elle accepte la nécessité et les raisons, pourtant contestables, qui nous obligent à vivre séparés, mais elle refuse de s'en réjouir et condamne le principe. Elle n'approuve pas ma prudence. Elle dit que l'amour n'admet pas tant de mesure, ni de réserves et de craintes. Sur ce point, elle ne peut me comprendre. Une différence d'âge nous sépare. Il lui manque d'avoir vécu comme moi. »

(Jacques Chardonne, *Claire*)

Agenda de Claire

Jeudi 12 janvier 1989
Palais de l'Élysée, déjeuner à 13 h 30.
— Et ce week-end à Brégançon ?
— Non.
— On monte ?
— Non.
— Vous m'aimez ?
— Je ne dirais pas non.

Leur table a été dressée dans la bibliothèque. Mitterrand lui parle de l'affaire Pechiney, qui prend de l'ampleur en ce début d'année 1989. Le patron du gendarme boursier laisse entendre qu'il y a eu un délit d'initiés impliquant l'un de ses amis, Roger-Patrice Pelat.

— Parce qu'il est mon ami, on veut que j'y sois mêlé ! se défend-il.

Il explique à Claire qu'il a été fait prisonnier avec Pelat, pendant la guerre. Ils étaient ensemble dans la Résistance.

— Certes, il a acheté un certain nombre d'actions mais s'il avait vraiment su, il en aurait acheté plus, poursuit-il. De toute façon, c'est drôle, mais moi, cette opération, je n'y étais pas favorable. Quand Rocard me l'a annoncée, j'y voyais une privatisation déguisée. Mes conseillers m'ont dit que juridiquement, ça allait… Mais, tu vois, au départ, moi, j'étais contre.

Claire lui demande pourquoi il se justifie. Il s'entête.

— C'était déjà fait quand on m'a mis au courant. Tu sais, l'argent ne m'intéresse pas. Je n'ai rien. Deux maisons et mon traitement, c'est tout.

Claire hausse les épaules. Elle évite de lire la presse depuis le début de leur histoire. Il lui dit qu'elle a raison.

— Les journalistes se déchaînent contre moi en ce moment. Ils se sont mis dans la tête que je ne travaillais pas. Je n'arrête pas de travailler, je reçois tout le temps Rocard ! Je donne des avis !

Elle fait remarquer que sa popularité décline, qu'il a sans doute été trop loin dans sa stratégie du surplomb, l'international et la défense.

— Il n'y a pas de stratégie, coupe Mitterrand.

— Ça allait pendant la cohabitation mais maintenant on a l'impression que c'est Rocard qui fait tout.

Il l'écoute, impassible.

— Et puis, vous ne pouvez pas vous taire sur les conflits sociaux…

— Tu trouves que je devrais parler du social ?

— Oui.

— Merci du conseil !

Il sourit, poursuit.

— C'est à cause de Rocard. Il préfère ne pas se mettre mal avec le grand capital.

— Changez de Premier ministre, suggère Claire.

Cette fois, il rit franchement.

— Ça ne se fait pas comme ça !

Puisqu'il semble vouloir parler de politique, elle

l'interroge sur ses campagnes présidentielles. Mitterrand lui dit qu'en 1988, il attendait que les sondages soient sûrs avant d'annoncer sa candidature. Qu'il ne se serait pas présenté s'il n'avait pas été certain de gagner. En 1974, face à Giscard, c'est lui, Mitterrand, qui l'avait en réalité emporté, assure-t-il. Ils sont seulement quelques-uns à le savoir, précise-t-il, mais les résultats de l'outre-mer ont été truqués. Claire l'écoute, dubitative. Il lui sert un verre de vin, change de sujet.

— Les journalistes disent aussi que je suis petit. Mais je ne suis pas le plus petit des chefs d'État ! À côté de Deng Xiaoping, par exemple…

— Et Rocard, il est plus petit que vous ?

— Oui, il est bien plus petit que moi !

Il la regarde, de haut en bas.

— Je suis ridicule à côté de toi !

Ils remontent à l'étage. Il veut dormir, pas elle. Claire lui dit qu'il est tout le temps fatigué, ça le blesse.

— On s'entend mal, hein ? dit-elle tristement.

— C'est toi, répond Mitterrand. Moi, j'ai plutôt bon caractère.

Puis, il lâche :

— L'amour, c'est faire des choses ensemble et avoir des projets. On n'a ni l'un, ni l'autre.

Le jour de l'anniversaire de Claire, ils se promènent autour du Louvre. Le givre a blanchi la cour Carrée et le pont des Arts. Il fait gris. Mitterrand se montre gai, léger.

— Je suis content de mon idée de se promener tôt, comme ça.

Ils passent devant le chantier de la pyramide, interdit au public. Il se dirige vers les palissades. Claire tente de l'en empêcher. Il lui dit qu'il ne fait que regarder, par curiosité. C'est déjà trop tard. Un gardien les a aperçus, semble reconnaître le président, s'apprête à sortir de sa cabine. Claire et Mitterrand s'enfuient, partent dans la direction opposée. Ils prennent la rue de Rivoli, sous les arcades.

Sur le trottoir, Claire marche côté rue.

Pour le protéger, m'explique-t-elle.

Ce soir, il lui a dit qu'ils sortaient. Il a réservé chez Le Duc, mardi 14 mars. Il est en train d'enfiler son manteau et son écharpe quand elle le rejoint, aidé par un huissier qui prend l'ascenseur avec eux. La voiture les attend côté jardin. Le patron du restaurant, encore aux trois quarts vide, les conduit au fond, et leur attribue une table tranquille, contre le mur. Mitterrand prend la banquette, Claire la chaise. Elle parle à voix basse. Il se moque de ses appréhensions et met ses mains en cornet sur les oreilles pour faire comprendre qu'il n'entend rien. Il commande un assortiment de poissons crus, des huîtres et des oursins. La tutoie devant les serveurs. Elle insiste pour qu'il choisisse le vin. Il le goûte mais ne le boit pas. Il semble heureux de lui faire découvrir cet endroit : à ses yeux, le meilleur restaurant de poissons de Paris. Il explique à Claire que le patron vient des Seychelles.

— C'est la première fois, depuis que je suis président, que je sors dîner en tête à tête, en plus avec une fille, observe-t-il. Je prends un énorme risque.

— Quoi ? La première fois en huit ans ? l'interroge-t-elle, incrédule.

— Oui, je t'assure. Il m'arrive de dîner, rarement, mais toujours à trois ou quatre. Jamais en tête à tête.

Les fruits de mer sont servis. Mitterrand met plusieurs oursins d'office dans l'assiette de Claire. Elle a envie de prendre sa main, lui répète combien elle tient à lui. Il lui parle de la mort d'un proche.

— Je vois mourir tous mes amis, il faut que nous arrêtions… Ce n'est pas possible, toi et moi.

— La mort, vous en avez peur ? demande-t-elle.

— Non, je n'ai pas peur. Mais j'aime bien vivre.

Elle lui dit qu'elle mourra peu après lui. Il ne répond pas.

— Vous ne me croyez pas.

— Si, je te crois.

Il sursaute quand il sent le pied de Claire approcher, sous la table. Son regard fait le tour de la salle. Il se laisse faire. Ils parlent du poisson, qu'ils trouvent un peu trop poivré. Devant le chariot des desserts, il lui suggère de prendre le gâteau au chocolat, même si c'est plein de calories. Il sourit. Il commande pour lui les pruneaux au sirop.

À 21 h 45, ils se lèvent. Le restaurant s'est rempli. Cette fois, les gens les regardent quand ils traversent la salle dans l'autre sens. Mitterrand paye l'addition au bar, avec une liasse de billets. On lui rend 40 francs.

— Oh non, ça va être trop lourd dans mes poches.

Il laisse la monnaie.

Pendant qu'ils dînaient, le ciel s'est encore obscurci, ils sortent sous la pluie. Avant que le chauffeur et le policier n'aient eu le temps de s'installer, Mitterrand tapote le genou de Claire, pour la rassurer. Elle lui attrape la main au moment où il va la retirer.

Ils font tout le trajet comme ça.

Il veut encore savoir combien d'hommes elle a eus avant lui, connaître leurs noms. Elle refuse. Il l'accuse de renier ces amants du passé, ajoute qu'un jour, elle le reniera, lui. Elle lui demande si ça lui fait de la peine quand elle le trompe.

— Tu serais contente si j'étais triste, hein ? En même temps, tu serais embêtée parce que tu m'aimes bien. Mais ce serait une victoire !

Il refuse à son tour de lui dévoiler sa vie sentimentale passée. Tout juste se contente-t-il d'affirmer qu'il n'a pas fait vœu de fidélité.

— Je crois que tu es sincère, finit-il par soupirer. Les femmes fidèles sont les plus dangereuses.

Il l'embrasse, fait remarquer qu'elle est de plus en plus belle.

— J'ai du mal à imaginer que tu aies offert ta bouche, ton corps, ton sexe à un autre.

Elle lui caresse le visage.

— À quoi bon parler de ça ? Moi, je ne me pose pas

la question vous concernant. Comme ça, je ne suis pas jalouse.

— Tu as raison…

Elle lui réclame une nouvelle fois un week-end.

— Non, non, je ne veux pas être prisonnier. Je le suis déjà assez.

— De moi ?

— Oui, bien assez !

Il rit.

— Tu agis comme si nous étions mariés depuis dix ans !

— Est-ce que vous m'appartenez ?

— Je n'appartiens à personne.

Ils parlent de leur première rencontre, cinq ans plus tôt, de toutes les fois où il les croisait, elle et Benoît. Il pensait qu'ils étaient ensemble et s'étaient lancé une sorte de défi, comme un jeu.

— Tu surgissais, comme ça…

Il l'observe.

— Pourquoi m'as-tu poursuivi ? C'était un fantasme ?

Elle grimace, ne répond pas.

— Que tu es prude ! Tu seras religieuse catholique à Paray-le-Monial !

Il rit encore, puis :

— C'est ta sexualité qui te guide, il n'y a que ça qui t'intéresse.

— Et vous, c'est peut-être autre chose ? s'agace Claire.

Elle insiste, le provoque :
— Il n'y a que ça qui compte, non ?
— Non, répond-il.
— Alors, quoi ? Ce n'est pas uniquement ça ?
Il sourit :
— Je n'allais pas dire non à une fille de 22 ans.

Le Falcon a décollé de Villacoublay. Roger Hanin, qui a épousé la sœur de Danielle, est assis à côté de Mitterrand, en face de Claire. Le président lui a proposé de la déposer en Bourgogne, où elle est attendue chez des amis, pour le week-end. Quant à l'acteur, il doit passer quelques jours chez les Gouze à Cluny, et profite lui aussi de l'avion présidentiel.

— Depuis le temps, vous n'êtes toujours pas commissaire divisionnaire ? plaisante Mitterrand avec son beau-frère, qui joue depuis des années le commissaire Navarro dans une série télévisée à succès.

C'est toujours la même blague mais Hanin rit de bon cœur. Pendant le vol, il se montre enjoué et charmant avec cette jeune fille brune si jolie, qu'il ne connaît pas. Mitterrand s'en agace. Glacial tout à coup, il n'adresse plus la parole à Claire. Soudain, à l'insu de l'acteur, il lui tire la langue. Elle lui répond par une grimace, plus laide encore. Sur le tarmac de la base aérienne de Saint-Yan, il lui serre froidement la main.

Elle attend dans l'antichambre. Un huissier vient lui dire qu'elle n'a pas été oubliée. Claire est arrivée à l'heure. Elle sait que le président doit inaugurer la pyramide du Louvre, un peu plus tard dans la journée. On l'introduit enfin dans le salon doré, peu après 15 h 45. Mitterrand lui explique qu'il dormait et s'est levé pour elle.

— C'est la première fois que ça m'arrive, s'inquiète-t-il. J'ai annulé un rendez-vous pour m'allonger, je suis fatigué. C'est à cause du temps, je ne supporte pas la chaleur.

— Venez vous recoucher, ordonne-t-elle.

— Tu veux ?

Dans la chambre, il lui montre une photo de la pyramide. Claire trouve qu'elle manque un peu de transparence. Il assure qu'au contraire, on voit parfaitement le ciel de l'intérieur. Puis, il soupire.

— Tu vois, je devrais être content d'inaugurer ma pyramide, eh bien, même pas… !

— Vous voulez dormir un peu ? demande-t-elle doucement.

Ils s'allongent. Elle défait sa chemise. Il porte un tee-shirt en dessous.

— Vous êtes fou, il fait tellement chaud !

Elle l'embrasse.

— Que tu es agitée ! dit-il.

Il la serre contre lui.

— Il faut que tu ailles voir ailleurs, moi je ne peux plus.

— Non, je reste avec vous. Vous êtes fatigué mais ça va passer.

— Il faut que tu vives ta vie. Je ne peux rien te donner.

Il sourit.

— Je prends ma retraite.

Après un moment, il se lève avec peine. L'entraîne dans la salle de bains. Elle lui suggère de mettre la cravate qu'elle lui a offerte, puisqu'il porte un costume gris clair.

— Laquelle ? interroge-t-il, l'air de rien.

— Vous ne savez pas ? s'offusque-t-elle.

Il rit.

— Mais si !

Il la prend, la noue devant la glace. C'est mal fait. Il tente de défaire le nœud, qui résiste. Claire tend la main pour l'aider.

— Tu es sûre que ce n'est pas trop sombre ?

— Non, c'est très bien.

Il lui demande quel est son parfum.

— Armani de Armani.

— C'est ce que mettent les jeunes filles ?

Il est l'heure de partir. Ils traversent les salons. Dans l'un d'eux, il la saisit et l'embrasse, les yeux grands ouverts.

— Je n'aime pas te décevoir comme ça.

Claire lui dit qu'il ne la déçoit pas.

— Si tu me quittais, ça me ferait de la peine, murmure-t-il. Mais c'est secondaire.

La lumière pâle entre par les hautes portes-fenêtres qui donnent sur le parc de l'Élysée. Je traverse les salons du rez-de-chaussée avec un conseiller. Le boudoir d'argent, où Napoléon a abdiqué et où Félix Faure est mort étouffé, sur une liseuse de couleur parme. Le salon Paulin, que j'aime bien, même s'il a vieilli. Cela coûterait trop cher de faire restaurer les neuf mille tiges et billes de verre qui composent le lustre du plafond en aluminium anodisé, m'explique mon guide. On passe devant l'ascenseur que Mitterrand prenait, caché sous l'escalier Murat, je me demande qui l'emprunte encore. Dans un couloir, le chien noir de l'actuel président, avachi. Je m'arrête devant la bibliothèque, scrute la tranche des livres reliés. Tocqueville, Bergson, La Fayette. *Le Déclin de l'Occident* de Spengler, les *Aventures de jeunesse* de Churchill, les *Dialogues philosophiques* de Renan. Mérimée, Huysmans, Anatole France, Flaubert, Diderot, Montesquieu, Victor Hugo, Choderlos de Laclos. Un autre conseiller de l'Élysée m'a raconté qu'il s'était amusé à glisser une carte de visite entre les pages d'un livre, pour la postérité. Le président, lui aussi, a caché un petit mot manuscrit derrière une tenture du salon doré pendant les travaux de réfection du bureau. Un jour peut-être, dans vingt, quarante ou cent ans, quelqu'un le retrouvera et me lira, a-t-il lancé pour expliquer son geste. Cette idée me plaît. Devant les livres de la bibliothèque, deux fauteuils, une table basse, un bouquet de roses et de muguet. C'était là où ils déjeunaient, j'essaie d'imaginer. Je prends une photo, l'envoie à Claire. Au palais, on se plaît à dire qu'il n'y a plus de sexe à l'Élysée. Nous hâtons le pas. Je dois déjeuner ensuite dans le bureau où François de Grossouvre, un conseiller de Mitterrand, déchu et malheureux, s'est suicidé. La pièce a été transformée en salle de réunion, triste et froide, qui sert parfois de salle à manger. Je ne connais pas les appartements privés mais Claire a dessiné plusieurs plans et croquis dans mon cahier.

Ce vieux palais militaire est hanté.

Au téléphone, parfois, il n'est pas naturel, il la vouvoie.

— Où êtes-vous ? lui demande-t-elle un soir.

— Je vous rappellerai demain.

— Vous ne pouvez pas parler ?

— Je peux… à peu près. Au revoir.

Le lendemain, Mitterrand lui reproche sèchement d'avoir essayé de le mettre mal à l'aise :

— J'étais en famille.

— Ça fait presque un an qu'on est ensemble, observe-t-elle.

— Il ne faut pas que tu dises ça, « ensemble… », la reprend Mitterrand.

Elle lui dit qu'il faut qu'ils aient des projets.

— Je sais que tu en as besoin et c'est normal, répond-il. Mais ce n'est pas possible.

— Il faut qu'on en trouve.

— Ça m'énerve, une fille avec autant de qualités… Je ne peux pas te satisfaire, avec cinquante ans d'écart.

— Notre problème, ce n'est pas ça, assure-t-elle. Cette différence d'âge, on l'a dépassée, je crois. Notre problème, c'est la fonction.

— Mais non, balaye Mitterrand, c'est ce demi-siècle. Tes amis, ils savent…, que disent-ils ?

Claire s'assombrit.

— Je m'en veux, murmure-t-elle après un long silence. Je n'arrive pas à vous parler. Je vais repartir et on ne s'est rien dit.

Il sourit.

— C'est bien une erreur de la jeunesse, ça, que de vouloir tout exprimer avec des mots.

Il lui confie qu'il a toujours rêvé écrire un roman sur un couple. Sur son lit de mort, l'homme lance à la femme : « Je voulais te dire… » Et il meurt, sans avoir pu terminer sa phrase.

— Tu vois, résume Mitterrand, on ne peut rien se dire vraiment.

Agenda de Claire

Lundi 17 avril 1989
FM appelle, 9 h 25.
— Bonjour ça va ? Tu as bien dormi ?
— Oui…
— Eh bien, maintenant, je vais à mon travail.
— Vous n'allez pas jouer au golf ?
— C'est ce que je voulais dire… !
J'éclate de rire, lui aussi.

Elle détaille le salon Starck, où ils ont pris un premier petit déjeuner, cinq ans plus tôt. L'émotion n'est plus la même, elle le sent. Elle essaie de la faire revivre un instant. Mitterrand vient la chercher en s'excusant. Il a attendu longtemps avant d'avoir un chef d'État au téléphone. Il a joint Thatcher, Bush et Kohl depuis le début de la journée, ce mardi 18 avril 1989, et doit appeler Gorbatchev dans l'après-midi. Il veut les entretenir de la prochaine visite du président de l'OLP, Yasser Arafat. Ils passent à table : huîtres, poulet grillé et blanc-manger. Il a une tache d'encre sur le doigt.

— Un accident de travail, dit-il en souriant.

— Parlez-moi de Gorbatchev…, lance Claire.

— On s'entend bien. C'est une personne qui compte.

— Et Bush ?

— Il a le mérite de bien connaître l'Europe, c'est rare avec un président américain. Il est beaucoup venu quand il était vice-président.

— Reagan ?

— Il avait quelques idées simples et il s'y tenait. Simplistes, même. Mais avec lui, on n'avait pas de surprises.

— Et Yasser Arafat ? Il est comment ?

Avec de grands gestes, Mitterrand mime le Palestinien : la barbe, le keffieh, les yeux globuleux…

Puis, il lui raconte un déjeuner récent avec le roi de Jordanie.

— Je n'arrête pas de voir des rois…

Elle lui demande de détailler.

— Le roi du Maroc est violent, intelligent, cynique. Le roi d'Espagne n'aime rien.

Mitterrand appelle son labrador. Il veut qu'elle mange le raisin qu'il lui tend, la complimente, s'extasie.

Soudain, plus rien n'existe.

Baltique était jalouse de moi, me dit Claire. Et j'étais jalouse de Baltique.

Après le déjeuner, ils passent dans la chambre. Elle insiste pour qu'ils fassent l'amour, il refuse. C'est de plus en plus souvent le cas. Un jour, il lui a dit qu'il était physiquement menacé, c'est le mot qu'il a employé. Claire n'a pas posé de questions. Cette fois-ci encore, elle pense pouvoir parvenir à ses fins. Ils s'assoient sur le canapé, main dans la main. Elle commence à l'embrasser. Il se débat à moitié.

— C'est moi la jeune fille !

Baltique, qui rôde autour d'eux, lui saute dessus. Il éclate de rire, cache son visage avec ses mains.

— C'est ce qu'on appelle les intentions contrariées, dit-il.

Il répète qu'il ne faut pas. Claire n'écoute pas, va s'allonger sur le lit, lui demande de venir. Il s'obstine.

— Non, non il ne faut pas.

— Alors on ne fera plus jamais l'amour ?

— Je n'ai pas dit ça mais seulement de temps en temps.

Puis, il cède, vient s'allonger auprès d'elle.

— Ce sont mes ennemis qui t'envoient pour m'achever plus vite !

Le Ministre est annoncé.

— Pars, pars, il arrive ! la presse Mitterrand.

— Mais ça me fait plaisir de le voir… ! se désole Claire. Il est tellement sympathique ! Je ne l'ai pas vu depuis longtemps !

— Non, je ne veux pas !

Il sonne l'huissier.

Mitterrand est jaloux. De tous les hommes qui l'approchent. Du Ministre, en particulier.

Elle insiste.

— Tu es sûr ? C'est idiot…

— Oui. Je ne veux pas que tu le voies !

Une autre fois, il l'interroge sans détour.

— Il s'est passé quelque chose avec lui ?

Elle joue :

— Et alors ?

— Je ne passe pas après !

Le sujet empoisonné revient. Un jour, Mitterrand se ferme, sa bouche se tord dans un rictus mauvais. Il décroche brusquement son téléphone, demande à parler au Ministre.

Il attaque d'emblée.

— Comment allez-vous, cher ami ? J'ai quelqu'un ici qui vous aime beaucoup et me parlait de vous, à l'instant. Je vous la passe.

Embarrassés, le Ministre et Claire échangent quelques amabilités contraintes. Puis, Mitterrand reprend le combiné et lâche à son interlocuteur, glacial :

— Vous pouvez y aller, moi c'est bon !

Claire le regarde, au bord des larmes.

— Mais comment pouvez-vous faire une chose pareille ? C'est odieux, c'est répugnant !

Mitterrand se recule dans son siège et la regarde froidement.

— Où êtes-vous ?

— Dans les Landes, loin de mes persécutrices.

— Qu'avez-vous fait ?

— J'ai vu des amis, regardé le soleil, joué au golf. J'ai mal aux jambes. Tu es toujours amoureuse ?

— Et vous ?

— Tu n'as pas envie de le savoir. Ça te rendra encore plus dépendante.

— Dites-moi alors que vous ne m'aimez pas.

— Non, parce que ce ne serait pas vrai !

— Si, dites-le-moi, ça m'aidera à vous quitter.

— Tu es charmante. Tu as mauvais caractère. On a cinquante ans d'écart. Et je ne veux pas te répondre, ni dans un sens ni dans un autre.

À la fin du dîner, il appelle une voiture pour la ramener chez elle, semble hésiter :

— Je ne vais pas te laisser partir comme ça dans la nuit.

— Alors raccompagnez-moi, insiste-t-elle.

Il a encore du travail mais il met son manteau.

Ils sortent tous les deux côté jardin.

Entre deux rendez-vous de travail, Claire s'échappe.

Elle préférerait de longues séquences d'immersion, plutôt que nos rencontres espacées. Elle m'explique qu'une fois qu'elle a replongé dans le passé, elle se laisse entraîner, happer. C'est intense, douloureux. Parfois joyeux, aussi. Elle revit les scènes et les dialogues, elle met le ton quand elle lit, elle rit. Ça revient par bribes, par fragments, c'est éclatant. Ensuite, elle y repense, ça la hante. Elle dort mal, fait des rêves troublants. Comme s'il était encore là, tout près, et qu'il allait l'appeler, à tout moment. Et puis, plus rien. Et elle m'en veut. C'est ensuite toute une histoire pour obtenir un nouveau rendez-vous. Elle veut fuir ces tourments et ces regrets.

Elle me dit que ce n'est pas la vie.

Claire tire sur sa cravate bleu marine, en grimaçant.

— Arrêtez de mettre des cravates unies, vous avez l'air d'un policier.

Il la regarde :

— Comme ça, il n'y a aucun risque que je séduise ! Moi, j'aime bien la manière dont tu t'habilles. Au début, ça ne me plaisait pas mais maintenant, si. Ce sont des chemises d'homme ?

— Qui voyez-vous après moi ? l'interroge-t-elle.

— Une femme ! répond Mitterrand. Tu es seulement la troisième de la journée.

— C'est vrai ?

Il rit.

— Mais non ! Je ne peux plus maintenant, tu es contente ? Tout cela est derrière moi.

Il part pour le Venezuela dans quelques jours. Avant son départ, il doit répondre à Niki de Saint Phalle qui vient de lui écrire pour lui faire don de certaines de ses œuvres.

— Enfin pas à moi, à l'État !

Mitterrand lui tend la lettre de l'artiste mais Claire assure que ça ne l'intéresse pas. Il est stupéfait, se replonge dans ses parapheurs. La tête penchée sur ses papiers, il raconte qu'il a été voir le fils d'un ami à l'hôpital, qui se meurt d'un cancer du foie, à 42 ans.

— Il ne passera pas huit jours, il y a déjà la mort sur son visage.

Il mime : dents apparentes, orbites creusées, peau tirée.

Ils ont rendez-vous à 20 h 30 chez Miki, rue Pierre Charron. Elle arrive à moins vingt. Lui, à presque moins dix. Il rentre tout juste d'Allemagne de l'Est. Il a refusé de franchir aux côtés d'Helmut Kohl un passage dans le mur de Berlin, arguant qu'il s'agissait d'une affaire entre Allemands. À Paris, il est critiqué pour son aveuglement. Le patron les installe à une table discrète, derrière un paravent. Il commande des sashimis.

— Alors, tu es contente ? demande-t-il doucement.

Dans deux jours, c'est Noël.

Ils se sourient.

Elle effleure ses doigts. Il lui caresse la bouche avec les siens. Puis le nez, avec les baguettes en bois.

— Je vous aime, murmure-t-elle.

— C'est profond ou à fleur de peau ? interroge Mitterrand.

Elle répète je vous aime.

— Là, ça déborde…, observe-t-il. Ah si j'avais 45 ans…

— Et vous, vous m'aimez ?

— Je ne sais pas… Si je te dis je t'aime, ça va être insupportable. Si je te dis je ne t'aime pas, je te fais de la peine inutilement.

Il ajoute qu'il faut accepter une part d'incertitude : on meurt souvent sans connaître les réponses aux questions que l'on se pose, c'est la vie.

Il la dévisage.

— Ce qui est sûr, c'est que tu me plais physiquement. Ces yeux…, tu as des yeux magnifiques. Tu es très belle, ce soir.

Claire commande un nouveau verre de saké. Il la gronde.

— Tu vas sortir en titubant… !

Elle a l'intention de prendre un TGV sans réservation pour aller voir sa mère à Noël, car les trains sont complets.

— J'aime les irrégularités, approuve-t-il en souriant.

— À ce sujet, poursuit-elle, j'ai 2 000 francs d'amendes de stationnement à régler au Trésor public avant la fin de l'année.

— Je vais te les payer pour tes étrennes, propose-t-il.

Elle s'offusque, refuse. Ils parlent du droit de grâce. En dessert, il prend des fruits. Elle, un gâteau, qu'il veut goûter. Il en croque un bout, sur la fourchette de Claire.

Quand ils quittent le restaurant, à 22 h 20, la femme du patron leur offre à chacun un calendrier de l'année 1990.

IV.

Moments (II)

— Je vous ai appris la tendresse.

— Tu ne m'as rien appris du tout, on n'apprend plus rien à mon âge.

— Si, vous avez changé, vous n'étiez pas aussi tendre.

— Mais non…

— Alors je ne vous ai rien appris.

— Si, peut-être, la finesse du cœur.

Claire m'entraîne dans une chambre d'enfant. Une petite pièce aux murs blancs, qui semble servir de débarras. Sur le sol encombré : un train électrique, un château fort, des boîtes de Lego, un aspirateur. Elle ouvre les tiroirs, en s'agaçant.

— Je ne sais pas où sont les choses...

Elle sort les objets avec précaution. Une pendule. Un chandelier en cristal. Deux petits angelots en verre, qu'il a rapportés de Bohême. Une coupelle en argent, frappée du chêne et de l'olivier. Enfin, une petite assiette de porcelaine, avec une tranche dorée. Mitterrand y déposait ses médicaments sous un film de cellophane et l'avait oubliée chez elle. Il lui avait recommandé de ne pas y toucher si elle trouvait un cachet par terre. C'est un poison, avait-il insisté.

Claire poursuit son inspection. La boîte vide d'un panama qu'elle lui avait offert, en provenance de Montecristi. Un loto de l'histoire de France, acheté pour jouer avec lui. Un stylo Dupont, cadeau qu'il lui a fait. Une grosse montre, rangée dans un écrin feutré. Au fond d'un sac, une petite statuette africaine, rapportée d'un voyage officiel. Elle en a acheté deux, une pour elle et une pour lui.

Soudain, elle s'exclame : Ah, les voilà !

Elle a trouvé ce qu'elle cherchait.

Les écharpes de Mitterrand.

Elle prend son temps, les sort sans les déplier. Elle caresse l'étoffe avant de me les passer, comme à regret. J'ose à peine les toucher, intimidée. Il y en a trois. Une beige, en cachemire. Une blanche, plus ordinaire. Et une bordeaux, de la marque Dior, en cachemire elle aussi.

— C'est celle qu'il m'a donnée un soir en me déposant chez moi, rappelle Claire.

Au fond du carton, elle retrouve deux vieilles cravates, dont celle qu'il a portée le jour de l'inauguration de la pyramide du Louvre, et sa casquette. Elle l'a récupérée avenue Frédéric Le Play, après sa mort. Elle tente de la visser sur sa tête, en vain. Trop étroite. Je l'essaye à mon tour, en jetant un œil gêné au grand miroir en pied, posé contre le mur.

— Elle te va bien, me lance Claire.

Nous rions.

Il ne sait jamais quel cadeau lui ferait plaisir.

— Je voudrais que tu m'offres un bijou, une bague, réclame-t-elle.

— Oh non, pas une bague, sourit-il.

— Pourquoi ? fait-elle mine de ne pas comprendre.

— C'est symbolique, une promesse d'amour. Je t'offre tout ce que tu veux mais pas de bague. Tiens, pourquoi pas un bracelet…

— Non, une bague !

— Un bracelet !

— Une bague.

— Alors un collier… Mais ça coûte cher !

Ça a duré, comme ça, des années.

Un jour, Mitterrand sort un bracelet de sa poche. Il n'est pas emballé. Elle se demande comment il l'a trouvé. Ou plutôt, qui il a chargé d'aller l'acheter. Elle voudrait savoir qui l'a choisi, en somme.

— C'est de l'or, précise-t-il.

Rond et épais, classique, le bijou n'est pas du tout

le style de Claire. Elle ne l'aime pas vraiment mais le porte à chaque fois qu'elle a un rendez-vous important, comme un talisman.

Il lui rapporte qu'au mariage de sa nièce, sa belle-sœur est venue le trouver pour l'avertir qu'on l'avait vu dans Paris aux côtés d'une femme, très jeune et très belle. Claire sursaute, veut savoir qui c'est.

— Mais c'est toi ! répond Mitterrand.

Elle a du mal à le croire.

Il sourit.

— Ça te fait plaisir ?

Puis :

— Tu vois, dans les rumeurs, il y a toujours un fond de vrai.

Au restaurant, il paye avec des billets de 500 francs.

Elle le voit parfois signer des chèques pour l'entretien de ses maisons, l'électricité, ou ses libraires. Un jour, alors qu'il en remplit un, 7 073 francs pour la rue de Bièvre, il se plaint.

— Ah, ces assurances ! Ça tombe mal, je suis dans le rouge en ce moment.

Elle ne le croit pas, évidemment.

— Vous n'êtes pas à plaindre ! C'est au moins 70 000 francs votre traitement, non ?

— Mais non, pas tant, je t'assure !

— Ah bon, alors combien ?

— Je ne sais pas, attends.

Il appelle son secrétariat.

— Pouvez-vous me dire combien je gagne, au juste ?

Il raccroche et se tourne vers Claire, triomphant :

— 39 000 francs, tu vois ?

Il a la réputation d'être pingre. Pourtant, elle lui

demande de lui prêter de l'argent. Elle veut savoir s'il est là pour elle, s'il la protège. Il lui répond oui mais tu me le rendras. Quand il lui dit qu'elle peut le garder, elle est rassurée. Mais s'empresse de le rembourser.

Il lui a expliqué qu'il payait l'ISF, précisant que ses biens immobiliers ont pris de la valeur avec le temps. En 1971, il a acheté la rue de Bièvre 40 millions de centimes. Aujourd'hui, ajoute-t-il, dans le Ve arrondissement, c'est le mètre carré qui vaut des millions de centimes.

— Je me suis enrichi en dormant.

— Je vous aime.

— Tu fais une fixation.

— Vous m'aimez ?

— Si je te le dis, tu me promets que tu te trouves un fiancé dans les trois mois ?

— Oui et je serai plus sereine.

— Je te dirai un jour : je t'ai aimée.

— Non, au présent.

— Quand ?

— Maintenant !

Un soir, Mitterrand se fâche. Elle a multiplié les reproches au cours des derniers jours, il en a assez. Et puis, elle l'empêche de raccrocher.

— Tu ne comprends pas que j'ai eu une journée harassante ? Je suis épuisé, je vais tomber.

Il fait de nouvelles tentatives pour mettre fin à la conversation, sans succès.

À bout de force, il finit par hurler :

— Je veux m'en aller !

Un silence glaçant suit cet emportement.

— C'est la première fois que je me mets en colère contre toi…, lâche-t-il soudain.

— Et vous n'êtes pas content de vous…, murmure Claire.

— Non.

Je ne sais pas pourquoi cette relation a duré, pourquoi il est resté, me dit Claire. Il y a eu tant de malentendus, de disputes.

Elle ajoute : C'est quelqu'un qui ne savait pas rompre.

Elle lui parle de partir pour toujours.

— Je l'ai déjà annoncé à tout le monde autour de moi, précise-t-elle.

— Mais où iras-tu ? demande-t-il.

— Loin.

— Tu ne me diras pas où ?

— Je ne sais pas.

— Je ferai un voyage et je te télégraphierai pour te dire que je viens.

— Je ne crois pas que je vous dirai où je suis.

Il soupire.

— Toujours l'absolu, avec toi.

Cent violonistes de l'orchestre symphonique d'Europe jouent dans la nuit. Il fait un temps épouvantable, ce 6 juin 1990, sur le parvis des droits de l'homme. François et Danielle Mitterrand écoutent la musique aux côtés de Nelson Mandela, libéré quatre mois plus tôt. Derrière la brume des fumigènes, on aperçoit la tour Eiffel. Claire n'a pas été conviée à la cérémonie, elle a dîné dehors, avec des amis. Elle sursaute quand le téléphone sonne, à minuit. C'est lui.

Elle lui répète qu'elle part, qu'ils ne se verront plus.

— Non, tu ne vas pas partir, assure-t-il.

— Pourquoi pas ?

— Tu pars à cause de moi ? Mais c'est ridicule, tu es folle. Ne pars pas.

Il ordonne, il prie.

— Et si je te promets de ne pas t'appeler, de te laisser tranquille, tu resterais à Paris ? Non ? Tu ne veux pas vivre sous le même ciel que moi, c'est ça ? Tu sais, le monde est tout petit.

— Non, dit-elle, pas là où je vais.

— Tu vas en Amérique ?

Elle ne répond pas.

— Je le sais, poursuit-il, c'est là que tu vas. Je t'interdis de partir.

Brusquement, il change de ton.

— Bon, eh bien, pars si tu veux mais reviens !

Il se tait un instant, puis reprend, la voix sourde.

— Alors, toi aussi, tu es défaillante ? Tu m'abandonnes. Tu abandonnes ton père aussi. Oui, voilà : tu abandonnes les hommes d'âge mûr.

Il semble épuisé tout d'un coup.

— Moi, je suis lassé. De tout.

Claire se radoucit :

— Ah bon ?

— Oui, j'en ai marre. On m'attaque de toute part, je suis fatigué de me battre, de la politique…

— Vous êtes comme ça depuis longtemps ?

— Non, non, trois ou quatre jours seulement, ça va passer.

Il reprend :

— Ne pars pas.

— Il y a assez de gens qui vous aiment, dit Claire.

— Non, tous me détestent.

— Mais non, il y en a tant qui vous aiment… !

— Peut-être, concède-t-il, mais il se trouve que c'est toi que je vois, par quel absurde hasard.

— Eh bien mettons fin à l'absurdité !

Elle entend soudain un bruit étouffé, une porte

qu'on ouvre. Mitterrand coupe la conversation. Claire comprend qu'il est rue de Bièvre et que sa femme vient d'entrer. Il a mal raccroché le combiné, elle reste en ligne, retient son souffle. Mitterrand et Danielle parlent de la soirée avec Mandela. Ils notent qu'il y avait beaucoup de communistes.

— Ce n'était pas l'ambiance que nous aimons, regrette Danielle, qui raconte que le Trocadéro était complètement bloqué une partie de la journée.

L'épouse du président parle beaucoup. Lui, peu. Il ponctue la conversation d'un laconique : Gilbert est rentré ?

Puis, il dit bonsoir à sa femme, lui dit qu'il va se coucher.

— Tu éteindras ?

Claire raccroche, gênée. Elle se demande si elle est jalouse.

Je crois que j'ai ma place, écrit-elle dans son carnet.

Ils se parlent longtemps au téléphone. Elle veut lui faire écouter une chanson de Barbara : « Au revoir ». Claire colle son radiocassette au combiné, pour qu'il entende bien.

Il tente :

— Tu es encore amoureuse ?

Elle ne répond pas.

— Ne pars pas, alors, c'est idiot, recommence-t-il. C'est facile de partir.

— Non, c'est courageux.

— Tu crois que ça va changer quelque chose ?

— Ça prendra du temps…

— Ne pars pas ! Je te l'interdis. C'est un ordre.

Ils conviennent de se voir une dernière fois. Mitterrand se rassoit aussitôt qu'elle entre. Il a eu une brutale chute de tension et sa voix a baissé. Plus tôt dans la journée, il s'est brusquement mis à tituber en allant chercher un livre au Pont-Neuf. Il a saigné du nez.

— Ce dont j'ai peur, c'est que ça fasse claquer un vaisseau là, poursuit-il en désignant son front. Je ne veux pas être diminué.

Il lui explique qu'il a fait promettre à deux ou trois amis de pratiquer l'euthanasie si son état, un jour, devait brutalement se dégrader. Tout en parlant, il prend sa tête entre les mains, ferme les yeux. Elle lui ordonne de venir se reposer. Ils vont dans la chambre. Mitterrand cherche ses médicaments, les avale avec un verre d'eau. Puis lui demande d'ouvrir le lit.

— Tu n'es pas obligée de te déshabiller mais moi, j'ai besoin de m'allonger.

Elle s'allonge aussi.

— Tu te couches, comme ça, dans le lit de tous les hommes ? tente-t-il de plaisanter.

Mais le cœur n'y est pas. Elle veut savoir si son médecin est là. Le docteur Gubler est parti en week-end et Mitterrand refuse de l'appeler.

— S'il m'arrivait quelque chose, ne reste pas..., ordonne-t-il. Tu fileras par cette porte. Je ne veux pas qu'on t'accuse de quoi que ce soit.

Claire insiste pour qu'il appelle son médecin.

— Où est le numéro ?

— Dans une liste que je ne veux pas que tu voies.

Il se lève, fouille dans la poche d'un costume, y trouve un petit bout de papier, compose un numéro.

— Le docteur Gubler, s'il vous plaît.

On lui répond qu'il sera là en fin d'après-midi.

— Et vous n'avez aucun autre moyen de le joindre ? s'indigne Claire.

— Si, il a un bip.

Mitterrand remet ses lunettes et compose un deuxième numéro. Ses mains tremblent, il n'y arrive pas.

— Vous êtes ridicule, tranche Claire. Je me fiche de vos numéros mystères, laissez-moi vous aider.

Il lui tend le papier jauni et déchiré. Une liste de numéros de téléphone y est consignée, en tout petit, d'une écriture fine et serrée. Elle repère ceux de ses frères. À côté d'un autre, il y a écrit « parrain ». Elle sourit, attendrie. Le bip de Gubler ne répond pas.

— Mais enfin, il n'y a personne d'autre ? s'agace Claire tandis qu'il se recouche, épuisé.

Il lui explique qu'un médecin de service se trouve en permanence au palais mais il le connaît à peine, il change souvent. Il a fait appel à lui une fois pour une coupure au doigt. Il reste allongé un moment, les yeux fermés. Tandis qu'elle lui tient la main, il lui demande de parler. La sonnerie du téléphone les interrompt. Le standard lui passe « Madame Mitterrand ». Il est gêné, fait des signes à Claire qui ne veulent rien dire. Pendant toute la conversation, il parle la tête penchée vers le bas, en lui tournant le dos. Il se saisit d'une canne de golf et la fait tourner dans sa main, pour se donner une contenance. Quand il raccroche, il lui demande si elle sait se rhabiller rapidement.

— Pourquoi ?

— C'est une maison habitée.

— Quelqu'un doit arriver ?

— Ce n'est pas sûr mais si jamais…

Il est un peu moins pâle, semble aller mieux. Ils parlent du départ de Claire.

— C'est demain, dit-elle.

— Annule tout de suite, ce n'est pas possible.

Il est désemparé.

Il répète tu es folle, c'est un gâchis.

Il ajoute c'est dommage, on était bien. Cela aurait pu durer.

— Combien de temps encore ? l'interroge Claire.

— Quelques années… Jusqu'à la fin.

Un silence.

— Tu aurais préféré ne pas me rencontrer ? Une

vie c'est court, tu sais. Il ne faut pas que tu gâches les quinze prochaines années. J'aurais voulu te montrer… Je ne t'ai pas été utile.

Claire veut qu'elle lui dise qu'il l'aime, qu'il la retienne comme ça. Elle lui offre une pyramide en cristal. Il cherche dans sa chambre ce qu'il pourrait lui donner à son tour. Il saisit une pendule, un cadeau d'Helmut Kohl, et la lui tend. Il lui dit qu'elle pensera à lui en la regardant. Regrette de ne pas lui avoir offert plus de livres. Lui propose de mettre de l'argent dans une enveloppe pour son billet de retour.

— Tu ne l'ouvriras que si tu veux rentrer, d'accord ?

Elle dit non à tout.

— Comment puis-je te retenir ? En te promettant de t'épouser ?

Elle secoue la tête.

— Tu veux aller au château de Rambouillet ? Ça, c'est possible ! Reste ! Tu ne veux plus qu'on fasse l'amour ? Ou alors pars mais reviens. En amour, il n'y a pas d'amour-propre. Si tu veux revenir, reviens, je ne t'en voudrai pas.

Il réclame une adresse, un numéro de téléphone.

Elle refuse.

— Si je tombe gravement malade, tu viendras ? Qui dois-je appeler pour prévenir ?

Il lui dit qu'elle rentrera quand il sera mort.

— Ce sera un retour triomphal, ironise-t-il.

Il menace.

— Dis-moi où tu vas, ça m'évitera de mettre tout en route. Je peux te retrouver, tu sais.

Elle ne répond pas. Regarde par la fenêtre, imagine la douceur du soir.

— Je sais que tu vas me revenir, poursuit-il. Mais ce qui m'ennuie, c'est que tu seras corrompue. Tu auras fait l'amour avec d'autres hommes.

Un silence.

— Même si tu le fais, je te pardonne.

Ils avancent vers la porte, serrés l'un contre l'autre. Tout est douceur, lenteur. Il lui répète reste, ne pars pas par amour. Ils s'embrassent, se disent plusieurs fois au revoir. Il insiste : Pas d'amour-propre, hein ? Elle lui demande encore de la retenir.

— Par un je t'aime ? Tu n'en voudrais pas, comme ça.

Juste avant qu'elle ne franchisse la porte, il lui dit :

— Tu vas me manquer. Et n'oublie pas, c'est moi ton amour officiel.

C'est à Amsterdam qu'elle le fuit, déchirée mais fière de lui avoir résisté.

Elle s'installe chez un ami, drôle et attentionné, qui ne pose pas de questions. Il travaille la journée, ils sortent le soir.

Malgré l'été, le temps est gris et pluvieux.

Elle marche dans la ville ou sur les jetées du port.

Quand c'est trop douloureux, elle monte dans un bac et va d'une rive à l'autre, dans le vent et les embruns.

Dix jours plus tard, elle rentre à Paris.

Son répondeur indique le nombre d'appels reçus pendant son absence.

Il a téléphoné tous les matins.

À peine installée, la sonnerie la fait sursauter, c'est lui.

Elle hésite, décroche.

Il lui dit qu'il est heureux qu'elle soit rentrée.

— Tu n'es pas obligée de m'appeler tout de suite. Prends ton temps. Je veux seulement que tu saches que je suis là.

Cet été 1990, François Mitterrand envisage de démissionner. Il demande au docteur Gubler de rédiger un communiqué inquiétant sur sa santé, pour préparer les esprits à un départ de l'Élysée, en août. Alerté, Michel Charasse parvient à bloquer le texte, qui n'est jamais transmis.

J'ai questionné un jour l'ancien conseiller sur ce qu'il savait. Il m'a répondu que cet été-là, Mitterrand était en effet très déprimé.

— Un problème, qui n'était pas dramatique, avait pris des proportions colossales, a ajouté Charasse. Je l'ai résolu en trois jours.

Il a refusé de m'en dire davantage.

Plusieurs hypothèses ont été avancées depuis sur cette démission avortée. Le cancer du président s'était réveillé et le faisait souffrir, il était très fatigué. Au même moment, sa fille Mazarine traversait une crise d'adolescence, le nom de son fils Jean-Christophe était cité dans une affaire douteuse impliquant la Côte d'Ivoire et son épouse Danielle avait quitté Latche pour les Pyrénées, sans dire où elle allait.

Et puis, il y avait ce jeune amour qui le quittait.

— Je suis à la tête d'une collection d'emmerdements personnels, avait-il glissé à son conseiller.

Je relis les notes de Claire, datées de juin et de juillet, ces mots de Mitterrand : Alors toi aussi, tu es défaillante ? Tu m'abandonnes ?

Le président a-t-il demandé à Charasse de lui dire où la jeune femme s'enfuyait, et si c'était seulement pour quelques jours, ou pour toujours ? Était-ce cela la délicate mission qu'il lui avait confiée ? Ou bien s'agissait-il d'autre chose ?

On ne le saura jamais.

Michel Charasse est mort, avec ses secrets.

Elle l'entraîne dans sa chambre. Ils restent un moment comme ça, serrés l'un contre l'autre.

Tout n'est que douceur, a-t-elle noté dans son carnet.

— Dans cinquante ans, tu te souviendras de moi, lui dit Mitterrand. Très bien même, tu verras. Moi, je pense toujours à ma mère. Je me rappelle d'elle très précisément. Et pourtant, elle est morte…

Il calcule.

— … il y a cinquante-quatre ans. Tu te rends compte ?

Un silence.

— Si j'étais ton père, je t'appellerais tous les jours. Tu en aurais marre. Et si j'apprenais que tu étais amoureuse d'un homme de cinquante ans de plus que toi, j'irais le tuer.

Il se relève, se rhabille, va se recoiffer dans la salle de bains. Puis, demande à Claire de le raccompagner en bas. En partant, il promet qu'il rappellera.

Et tout recommence.

Depuis qu'elle m'a dévoilé ses agendas, nous avons cessé de nous retrouver dehors. Claire s'invite chez moi, ou je vais chez elle. Quand c'est elle qui vient, je l'attends. Elle est toujours en retard, me dit qu'elle a peu de temps. Nous avons commencé par l'année 1995, les derniers mois à l'Élysée, les visites avenue Frédéric Le Play. Leurs échanges sont apaisés, hantés par la mort qui vient. J'insiste pour qu'elle ouvre enfin les agendas des premières années, à partir de 1988. C'est à la fois plus léger, amoureux, et tourmenté. Nos séances obéissent toujours au même rituel. Claire refuse de me laisser ses carnets, préfère me les lire. Elle ne veut pas non plus que je les photographie.

Claire part en Tchécoslovaquie pour quelques jours, avec des amis. Elle rentre le dimanche 12 mai 1991. Il lui téléphone, tard.

— C'est amusant, dit-il, j'ai dîné avec Kundera ce soir, et toi, tu étais en Tchécoslovaquie…

— Tiens ! Et moi, je viens de commencer un livre de Kundera, répond Claire.

— Lequel ?

— *La vie est ailleurs.*

— C'est quoi, pour vous, un homme d'État ? demande Claire.

Il vient de lui dire que Michel Rocard, contrairement à Laurent Fabius, n'est pas un homme d'État. Il l'a d'ailleurs remercié il y a quelques jours pour nommer Édith Cresson à sa place à Matignon.

— C'est quelqu'un qui décide, répond Mitterrand. Rocard ne décidait rien. Il laissait faire et quand je lui disais allez, il faut prendre une décision, il me répondait : attendons, voyons d'abord ce que disent les sondages.

— Peut-être, rétorque Claire, mais il a bien réussi sa sortie. Il vous a fait passer pour un ingrat, comme s'il avait été fichu dehors.

— Mais c'est bien ça, il a été fichu dehors !

Il fait un geste de la main, qui signifie ouste !

— Vous n'aimez pas beaucoup Rocard…

— Rocard n'est pas mon ennemi, se défend Mitterrand. J'ai réglé mes comptes avec lui en 1981. J'ai été élu président de la République, pas lui.

Il lui parle de ses « amants » avec un petit air de mépris.

— Je n'en ai qu'un seul, c'est vous, lui répond Claire.

— Moi, ton amant ? sourit-il, soudain plus doux.

— C'est un titre qui ne vous plaît pas… ?

— Si, je trouve ça honorable.

Un samedi d'été, à l'Élysée.

Ils sont assis l'un à côté de l'autre sur le canapé en cuir et lamelles de frêne qui orne le salon télévision, intégralement peint en noir. Au sol, un tatami bordé de graines de cuir. La table basse, dessinée par Ronald-Cecil Sportes, est constituée d'un plateau de verre posé sur des blocs de pierre.

Ils regardent une étape du Tour de France. Elle s'ennuie.

Claire est déçue.

— Vous m'avez fait venir seulement pour ça ?

— Mais tu n'es pas contente d'être avec moi ? demande Mitterrand, surpris.

— Vous voulez qu'on vous aime mais ne rien donner en retour.

Il sourit.

— C'est un peu vrai.

Elle aperçoit sur la table Paulin un bout de papier griffonné. Quand Mitterrand s'absente du bureau un instant, elle essaye de le déchiffrer : « Je souhaite être enterré dans le cimetière où reposent mes parents. Sur ma tombe… »

Une ébauche de testament.

Claire ne parvient pas à lire la suite, cachée sous un dossier.

Quand il revient, elle fait comme si de rien n'était, gênée de son indiscrétion.

Le soir, en rentrant, elle note : « Je ne veux pas qu'il meure. »

Le maître d'hôtel l'installe dans la bibliothèque en précisant que tout le monde est suspendu à ce qui se passe en URSS. Il ajoute que le président lui en dira sûrement plus. En arrivant, Claire a trouvé la cour pleine de journalistes, affairés. Ce lundi 19 août 1991, Mikhaïl Gorbatchev vient d'être renversé par un coup d'État. Mitterrand apparaît. Il annonce d'emblée qu'il doit la quitter à 14 h 15, pour téléphoner à Helmut Kohl à 14 h 30.

— Ça tombe mal ce Gorbatchev aujourd'hui, alors qu'on se voit, plaisante-t-il en passant à table.

Il lui explique rapidement ce qu'il dira le soir même à la télévision.

Et puis :

— Toujours amoureuse ?

— Non.

— Menteuse !

— Non, non, persiste-t-elle, l'air indifférent.

Aussitôt après, elle rit, l'embrasse, dit qu'elle l'aime.

Il sourit.

— Pourquoi mentir alors ?

Comme deux amoureux, ils font défiler leur histoire.

— Et puis un jour, tu m'as embrassé..., résume Mitterrand.

— Ah non, c'est vous ! s'insurge Claire.

— Non, c'est toujours les femmes qui font tout.

Il lui dit qu'elle est honnête, beaucoup plus que lui, qui lui a menti plusieurs fois.

— Alors, je vais mentir, moi aussi, répond-elle.

— Non, ne change pas, c'est cela qui te fera aimer d'un homme. Ton honnêteté, ta sincérité. Même si tu es trop sérieuse... En tout cas, tu prends les choses trop au sérieux. Mais ça incite à te traiter différemment.

Il la regarde attentivement, remarque qu'elle porte ses santiags, ça le fait rire.

— Tu as l'air d'un oiseau tombé du nid, dit-il. J'ai envie de t'aider à prendre ton envol.

Il l'embrasse à son tour. À droite, à gauche, sur le front.

Puis, il lui montre ses mains.

— Tu vois ces taches ? Ce sont des taches de vieillesse. Mais ça ne fait pas mal.

Un enfant dans un corps de vieillard, note Claire.

Agenda de Claire

Samedi 9 novembre 1991
Élysée, 17 heures.
— Ce pauvre Yves Montand…
— Quoi ?
— Il est mort.
— C'est pas vrai ?
— Tu seras sidérée quand, moi, je mourrai.

Les derniers jours ont été chargés. Oman. New York. Une visite de Nelson Mandela et du président sud-africain Frederik de Klerk. Un dîner avec le président russe Boris Eltsine, à Paris pour trois jours.

— Tu as vu, un peu, en ce moment, les travaux forcés ? soupire Mitterrand au téléphone, peu après minuit.

Claire s'inquiète des commentaires désagréables lus dans la presse au sujet de son interview de la veille. Le président a eu toutes les peines du monde à justifier l'hospitalisation en France du leader du Front populaire de libération de la Palestine, Georges Habache. Elle lui dit qu'elle a lu l'article de Jean-Marie Colombani dans *Le Monde*, et l'a trouvé méchant.

— Pas méchant, hargneux ! s'indigne Mitterrand.

— Politiquement, tu le situes où, exactement ?

— Colombani ? C'est un moine ! Un démocrate chrétien, répond le président en grimaçant.

Ils passent en revue les journalistes. L'un est un

cafard, une punaise qui sent mauvais quand on l'écrase. Un autre est un cul-bénit qui a une pensée de pattes de mouche. Une autre encore n'est pas belle, on ne la remarque pas, même s'il la connaît depuis longtemps pourtant.

Elle lui demande quel livre sur lui a trouvé grâce à ses yeux. Il n'y en a pas, répond Mitterrand, qui juge toutefois que Serge July et Alain Duhamel ont du talent. Il aurait aimé que l'un d'eux entreprenne un véritable travail d'historien, comme Jean Lacouture. Claire l'interroge sur Patrick Poivre d'Arvor, avec lequel les échanges ont été tendus sur l'affaire Habache.

— J'ai été content quand j'ai appris que c'était lui qui avait été désigné par TF1, glisse Mitterrand. Avec l'histoire de Cuba, il n'en menait pas large… !

Une semaine plus tôt, la presse a révélé que le journaliste vedette a monté une fausse interview de Fidel Castro, ce qui a suscité une petite tempête dont Mitterrand se délecte.

— À une question, je lui ai répondu, en le regardant droit dans les yeux : « Cela arrive à tout le monde de se tromper, cela ne vous arrive jamais à vous ? » Il n'avait qu'une peur, c'est que je parle de ce qui vient de lui arriver !

Il rit, avant de soupirer :

— Ils me font pitié, ces journalistes.

Elle lui demande s'il a l'intention de partir avant la fin de son mandat.

— Ce n'est pas que je suis mal ici, répond Mitterrand, mais c'est vrai que si Dieu me prête vie, j'aimerais, après cet esclavage, avoir encore deux ans pour écrire et regarder le ciel.

— Tu te sens vieux ? poursuit Claire, qui le tutoie de plus en plus souvent.

— Non, c'est parce que je le sais. Quand je regarde ceux de mon âge, ils me font peine. Mais moi… Enfin, on ne se voit pas.

Il lui dit qu'il est programmé pour vivre jusqu'à 89 ans.

Mitterrand l'a appelée en début de soirée pour s'inviter à dîner. Il a précisé qu'il arriverait à 19 h 55 pour regarder chez elle le journal de 20 heures. Claire prépare des sashimis et un gaspacho tandis qu'il s'installe devant la télévision. Plusieurs extraits de l'interview du 14 Juillet qu'il vient de donner un peu plus tôt dans le jardin de l'Élysée sont diffusés. Il a évoqué la situation dans les Balkans, le référendum sur Maastricht, et l'affaire Urba-Gracco, qui met en cause le président de l'Assemblée nationale, Henri Emmanuelli.

— C'est moi, ça ? lance-t-il en minaudant.

Impassible, il écoute le commentaire de la directrice de l'information de TF1, Michèle Cotta.

— C'est explicatif, ironise-t-il, avant de grogner contre le manque d'objectivité de Patrick Poivre d'Arvor, encore lui.

Claire lui dit qu'elle l'a vu à la garden party.

— Ah oui ?

— Avec Claire Chazal. On aurait dit deux stars de cinéma.

Il veut qu'elle lui raconte qui elle a croisé à la garden party et il dira « vu » ou « pas vu ». Ils jouent en dînant.

— Il y avait aussi ton fils, ajoute Claire.

— Jean-Christophe ?

— Oui. Il te ressemble

— Gilbert, beaucoup plus.

Mitterrand lui demande ensuite si elle l'a remarqué, lui. Et si oui, quand.

— Tu remontais la pelouse mais tu étais totalement inaccessible.

— Tu aurais dû crier, te jeter dans mes bras !

Ils rient.

Après le dîner, ils vont s'allonger. Ils écoutent un moment l'agitation du boulevard. Il la regarde attentivement.

— Tes yeux sont sans doute ce que tu as de plus beau. Tu as des yeux magnifiques. Ta bouche aussi. Tes dents sont belles. Ton nez est un peu de travers mais ton corps est… Tu es très belle, très ferme.

— Es-tu serein par rapport à la mort ? l'interroge-t-elle. Dans *La Paille et le Grain*, tu dis que tu ne l'es pas…

— C'était en 1974, j'avais 57 ans. Je ne regrette rien, j'ai eu une vie très remplie. Je déplore seulement que cela finisse. La mort, on y pense dès l'enfance. Mais sa propre mort, on a du mal à se l'imaginer. Je ne me sens pas vieux ! Bon, après deux heures de voiture, j'ai plus de mal à me dérouler mais ce n'est pas très grave.

— Tu crois en la vie après la mort ?

— Après la mort, je pense qu'il n'y a rien. Montaigne est mon maître ! Je suis agnostique, comme lui.

J'aimerais croire en Dieu mais je n'ai pas eu de révélation. Je n'arrive pas à imaginer que parmi tous les êtres, les insectes, les atomes, cette multitude, Dieu puisse s'intéresser à moi, ou à toi, en particulier…

— Mais tu as peur de la mort ? insiste-t-elle.

— C'est surtout la déchéance qui précède que je redoute. Ensuite, c'est un état de semi-conscience. Après, ça n'a pas d'importance. Une rognure d'ongle, quand on la coupe, on se fiche de ce qu'elle devient…

Il évoque la mort de son père, Joseph. Un homme pudique et distant. Qui ne sortait jamais sans un large feutre noir en hiver, un panama l'été. Mitterrand raconte qu'il a été chauve très tôt mais qu'il est mort avec toutes ses dents. Étrangement, il précise que, lui aussi, a encore toutes ses dents. Sauf deux, perdues pendant la guerre. À cause de la malnutrition. Il poursuit. La mort de sa mère Yvonne, en 1936, l'a laissé inconsolable. Il avait 19 ans. Il décrit le lit de son agonie, au rez-de-chaussée de la maison de Jarnac.

Claire l'interroge encore :

— Dans ton livre, tu parles aussi d'une fleur, une giroflée qui plaiderait pour l'existence de Dieu…

— Oui, c'est une phrase voltairienne, répond-il. J'évoque la splendeur de la nature au mois de mai, les joies qu'elle procure, et les pensées que cela peut inspirer.

Il la regarde avec tendresse.

— Mon livre t'a plu, en somme ?

— Beaucoup, oui.

— Pourquoi ?

— Parce que c'est toi. J'aime que tu n'aies pas changé. Tu es resté fidèle à tes pensées. Ça me confirme dans l'idée que je me faisais de toi.

— Laquelle ?

— L'idée que je me faisais de toi.

Ils rient.

— Qu'est-ce qui t'a motivé à devenir ce que tu es ? continue Claire.

— Le tempérament et l'ambition.

— Pas ton éducation ?

— Je suis issu de la petite bourgeoisie, un milieu dans lequel la réussite est importante, c'est vrai. Il faut savoir s'extraire, s'élever de son milieu, montrer qu'on en est capable.

— Qu'est-ce qui t'intéresse maintenant ?

— La vie, la nature. Regarder une femme qui m'émeut. Mes combats.

— Pourquoi veut-on laisser une trace dans l'histoire ?

— Oh, c'est vrai, j'en laisserai une plus durable que d'autres…

— C'est pour conjurer la mort ?

— Non, c'est un appétit de vie.

— Tu sens vraiment une différence d'âge entre nous ? demande-t-elle encore.

— Pas vraiment, non.

Un silence, puis il reprend, en souriant :

— Mais on a cinquante ans d'écart. C'est toi qui me l'as fait remarquer la première, souviens-toi.

— Tu ne me diras jamais que tu m'aimes ?

— Sur mon lit de mort, peut-être. Mais est-ce qu'on y pense ?

— Et moi, je suis quoi ? Votre petite amie ?

— Non, tu es toi. Avec toutes tes qualités, et c'est déjà beaucoup.

— Mais pour vous, je suis votre petite amie ?

— Une de mes petites amies…

— Vous gâchez tout.

Je ne sais pas quand je pourrai te rappeler, lui a dit Mitterrand sur le répondeur.

Il a laissé un message jeudi 10 septembre 1992, tard dans la soirée. Un message qui ne ressemble pas aux autres. Claire dort mal cette nuit-là, troublée. Elle appelle l'Élysée le lendemain, on lui passe Marie-Claire Papegay. Elle lui demande si le président est là, si elle peut lui parler. La secrétaire part dans un petit rire sec, répond que ce n'est pas possible, sans expliquer pourquoi. À midi, vendredi, l'Élysée publie un communiqué signé du professeur Adolphe Steg et du médecin personnel de Mitterrand, Claude Gubler, pour informer les Français que le président de la République a été opéré d'un cancer de la prostate à l'hôpital Cochin.

Quelque chose se fissure ce jour-là.

C'est la première fois, en huit ans, qu'elle lui écrit.

Une lettre manuscrite.

Triste et amère, pleine de colère rentrée.

Mais pourquoi ne m'as-tu rien dit ?
Et tous ces visiteurs qui défilaient à ton chevet !
Je ne comprends pas.

François Mitterrand doit sortir dans la journée de mercredi. Les journalistes attendent depuis l'aube, devant les grilles de l'hôpital Cochin. Un téléviseur est allumé dans le bureau de Claire où ils enchaînent les directs dans l'agitation, la fébrilité. On lui passe un « Monsieur Étienne » au téléphone. Elle prend l'appel en tremblant.

— Mais qu'est-ce que tu fais ? Tout le monde t'attend !

— Et alors ? Tu n'es pas contente que je t'appelle ?

— Si, bien sûr ! Comment vas-tu, comment te sens-tu ?

Sans se hâter, Mitterrand lui raconte ce qu'on lui a fait. Il se montre doux et prévenant. Il ne lui a pas parlé de son hospitalisation avant mais il l'appelle après, alors que la presse fait le siège de Cochin. Il veut se faire pardonner, elle le sent. Quelques minutes après avoir raccroché, elle le voit à l'image, visage amaigri, entouré de micros et de caméras.

— J'ai lu quelques journaux, j'ai lu un livre, mais le reste du temps, je regardais le ciel plutôt, lance François Mitterrand aux journalistes qui lui demandent ce qu'il a fait de ce repos forcé.

Quand Claire le revoit les jours suivants, il l'accueille avec un sourire.

— J'ai lu ta lettre… Tu écris bien !

La publication de *Minute*, le 17 mars 1993, est une deuxième cassure.

« Pour voir clandestinement la femme de sa vie, il vit caché en plein Paris », titre l'hebdomadaire d'extrême droite qui fait sa une sur « le domicile secret de Mitterrand ». Le journal publie une photo de la voiture du président de la République arrivant discrètement quai Branly, et une autre d'Anne Pingeot.

La rumeur d'une double vie courait depuis longtemps mais Claire refusait d'y croire. Elle voit Mitterrand le jour même. La discussion se passe mal. Tu ne vas quand même pas croire ce torchon, se défend-il, feignant l'indignation. Elle sait bien qu'il s'agit d'un journal grossier, diffamatoire. Mais elle ne trouve pas en elle de quoi lutter. Il ne sait pas non plus la rassurer. Il s'adoucit soudain, lui prend la main.

Ce soir-là, Claire ne rentre pas dormir chez elle. Il aurait appelé à l'heure habituelle. Elle ne veut pas lui parler. Il insiste, rappelle le lendemain. Elle ne décroche pas. Il rappelle encore, laisse un nouveau message. Elle résiste.

Sans gloire, écrit-elle dans son carnet.

Au 11, quai Branly, un portail noir. Claire se cache de l'autre côté de la rue, devant le palais de l'Alma. Grâce à *Minute*, elle sait qu'Anne Pingeot part tous les matins pour le musée d'Orsay, où elle est conservatrice.

Elle n'attend pas longtemps.

Une femme brune et élégante, cheveux tirés en arrière, finit par sortir, en poussant une bicyclette. Claire jette un œil sur la photo froissée qu'elle a découpée dans le journal. C'est bien elle.

Anne Pingeot n'est pas maquillée, c'est en tout cas ce qu'il lui semble, et elle a l'air fatigué.

Je demande à Claire ce qu'elle a ressenti en la voyant.

— J'ai trouvé qu'elle faisait vieille.

Elle s'enfuit une nouvelle fois.

Claire ne connaît personne en Andalousie mais elle parle quelques mots d'espagnol. Dans l'avion, elle se lie avec un couple de retraités, qui possède un appartement à Marbella. Ils s'inquiètent pour cette jeune femme seule qu'ils ont vue pleurer quand l'appareil a décollé. Ils lui donnent un numéro de téléphone où les joindre.

Elle se souvient.

Du premier soir à Marbella, passé à marcher dans les rues de la ville, les mains enfouies dans les poches de son blouson de jean gris.

D'une pension dans les jardins de l'Alhambra, à Grenade, et d'une forme d'insensibilité, d'incapacité à se laisser toucher par la beauté des myrtes taillés et des cyprès.

D'un trajet d'autocar sous la pluie, entre Grenade et Cordoue, en larmes.

D'une soirée dans un patio fleuri à regarder danser une Andalouse, vêtue de noir.

D'un poème écrit pour elle par un garçon de 25 ans, un Irlandais, rencontré sur une place de Séville.

Le voyage dure dix jours.

Quand Claire revient à Marbella, elle appelle le couple de retraités qui l'emmène boire un verre place des Orangers. Elle se sent mieux, apaisée.

De retour à Paris, elle apprend que Pierre Bérégovoy, qui n'est plus Premier ministre depuis un mois, vient de se tirer une balle dans la tête sur les bords du canal de Nevers. Elle oublie sa peine et sa rancœur, téléphone aussitôt à l'Élysée. Ils ne se sont pas parlé depuis longtemps. Mitterrand la remercie d'avoir appelé, semble heureux de l'entendre. Elle lui demande pardon de l'avoir laissé sans nouvelles.

— Ne t'excuse jamais. Tu n'as pas à t'excuser avec moi.

Elle se réveille la nuit pour écouter la radio et s'assurer qu'il ne lui est rien arrivé.

S'il appelle avec du retard, c'est qu'il est mort.

Ou qu'il a cessé de l'aimer.

Elle est épuisée.

Dans son agenda 1994, elle a noté une phrase de Flaubert :

« Il ne faut pas toucher aux idoles, la dorure en reste aux mains. »

La maladie et les traitements l'ont changé. Il râle, récrimine, devient de plus en plus difficile, capricieux. Les menus qu'on lui soumet ne vont jamais. Il les renvoie raturés, annotés. Les maîtres d'hôtel reviennent en cuisine, déconfits. Claire est gênée d'assister à ces réprimandes. Parfois, elle tente de le raisonner. Il se défend, argumente, lui dit que la viande est mal cuite, le poisson surgelé, il ne comprend pas pourquoi les cuisiniers veulent toujours lui servir des mets sophistiqués alors qu'il n'aime que les choses simples.

— Ce n'est pas une raison pour humilier les gens, murmure Claire.

— Tu trouves que j'ai été méchant ? interroge-t-il.

— Oui.

Il ironise :

— Quoi ? Tu te prends pour la maîtresse officielle ?

Il insiste pour qu'elle l'accompagne au dîner qu'il a improvisé un peu plus tôt avec des chercheurs et des médecins engagés dans la lutte contre le sida. Il y aura aussi Jack Lang et l'anthropologue Françoise Héritier. Il lui a dit que le repas se tiendrait dans les appartements privés. Elle s'apprête à accepter quand sa secrétaire frappe à la porte et entre sans y être invitée, ce qu'elle ne fait jamais.

— Monsieur le président…

Il sort du bureau. Quand il revient, il est très pâle.

— Tu connais François de Grossouvre ?

— Oui, répond Claire, ton conseiller et ton ami.

— Il vient de se tirer une balle dans la tête dans un bureau, là, à côté…

Il se tait.

— Il faut que je prévienne sa femme. C'est à moi de le faire.

Claire ne sait pas quoi dire. Elle lui demande si ça va.

Il répond oui deux fois, d'une voix blanche.

Il s'assoit à côté d'elle, il semble écrasé.

— Tu vas aller le voir ?

— Je ne veux pas y aller, non. J'ai déjà vu Bérégovoy, c'est horrible.

Comment ce vieux compagnon en disgrâce, devenu amer et paranoïaque, mais qu'il n'a pas eu le cœur de congédier, a-t-il pu commettre un tel geste, en plein palais ? C'est insensé. Elle le presse de questions.

— Il perdait la raison depuis quelque temps, répond Mitterrand, il prenait des médicaments... Il faut que tu partes maintenant.

— Et toi..., ça ira ? s'inquiète-t-elle.

— Oui, pars. Je ne veux pas que tu sois mêlée à ça.

Elle traverse la cour à la hâte, franchit la loge, se retrouve sur le trottoir désert de la rue du Faubourg Saint-Honoré. Seule, chargée d'un nouveau secret. Elle appelle un ami d'une cabine téléphonique pour entendre une voix familière et joyeuse. Revenir dans la vie. Ils se donnent rendez-vous au Drugstore des Champs-Élysées, loin dans la nuit.

Mitterrand ne lui cache plus la progression du mal. La première opération est suivie d'une deuxième, à l'été 1994. Il lui arrive d'avoir des moments d'abandon et de faiblesse, il la reçoit parfois couché. Mais il essaye de la préserver. C'est à d'autres, comme à son interprète d'allemand, qu'il réserve le pire de la souffrance et de la maladie. Embauchée par Pompidou, qui utilisait ses services lors de ses rencontres avec le chancelier allemand, Brigitte Sauzay est restée à l'arrivée de Giscard. Mitterrand l'a gardée aussi. À la fin du deuxième septennat, il la considère comme une amie, elle sera l'un des témoins de son agonie. Avec Claire, il attend toujours de se sentir mieux.

— Tant qu'on a envie de séduire, c'est qu'on a envie de vivre, lui a glissé un jour le docteur Gubler.

Mitterrand devine surtout que Claire n'est pas prête. Il a observé sa volonté farouche de rester dans la vie et de l'y entraîner. Elle ne peut pas le suivre sur le chemin qu'il a emprunté. Parfois, alors qu'il souffre, et qu'elle poursuit le repas qu'ils ont commencé, il lui jette :

— En tout cas, ça ne te coupe pas l'appétit !

Quand ils quittent le bureau du président, ils croisent la secrétaire générale adjointe de l'Élysée, Anne Lauvergeon. L'air entendu, la collaboratrice de Mitterrand glisse à la jeune femme :

— Bravo pour Normale Sup !

Dans l'escalier Murat, qui descend vers le vestibule d'honneur, Mitterrand lâche, impassible :

— Elle t'aura prise pour quelqu'un d'autre… !

Mitterrand a raconté à Claire la mort de Félix Faure dans les bras de sa maîtresse, sur une liseuse du salon d'argent. Une légende. Marguerite Steinheil a en réalité été exfiltrée du palais quelques heures avant la mort du président de la République, le 16 février 1899.

— Le président a-t-il sa connaissance ? s'est enquis le prêtre venu donner l'extrême-onction.

— Non, monsieur l'abbé, on l'a fait sortir par la petite porte, a répondu l'huissier.

Mais la presse et les rivaux politiques de Félix Faure ont fait passer la congestion cérébrale pour un étouffement de plaisir.

— Il se croyait César, il n'était que Pompée, a résumé Clemenceau, avec cruauté.

Claire trouve cette histoire glaçante.

Un jour, Mitterrand lui dit :

— Tu aimerais bien que je meure dans tes bras ? Je suis sûr que ça te plairait.

Une coupe de champagne est servie, avant le décollage. L'aide de camp s'avance dans la travée, se penche vers elle. Le président veut la voir. Claire suit le jeune militaire en uniforme jusqu'à l'avant de l'appareil, sous les regards envieux. Elle l'embrasse en arrivant, lui prend la main. Il se laisse faire, affectueux et distant.

— Qu'est-ce que je prends, qu'est-ce que je prends… !

Mitterrand est tassé dans le fauteuil de sa chambre. Claire lui dit sa colère et sa peine. Le 10 novembre 1994, *Paris Match* a publié une photo du président de la République et de sa fille Mazarine, dont l'existence est révélée. « Le bouleversant récit d'une double vie », titre l'hebdomadaire.

— Je suis quoi, moi, dans tout ça ? Un jouet ? Une doublure ?

Elle crie, elle tempête. Elle le traite de menteur.

Il encaisse mais ne se justifie pas.

Les mois qui suivent sont empoisonnés par ces révélations. Quand Claire évoque Anne ou Mazarine, hausse le ton, il plaide doucement :

— Arrête… Elles sont gentilles… !

Je ne sais même plus alors de qui, de la mère ou de la fille, je suis jalouse, me dit Claire.

On feuillette ensemble son agenda 1994. Elle a pris

peu de notes cette année-là. À la date du 16 novembre, soit six jours après la publication de *Match*, elle a noté, à 18 heures : « retrouvailles difficiles après histoire fille ».

Elle affirme que plus rien n'a été pareil ensuite.

« Je parle longtemps, sans arrêt, à bout de forces (…). Elle se renverse sur l'oreiller, et, les yeux fermés, d'une voix radoucie, elle dit :

— Ce n'est pas cela… Ce n'est pas ce que tu crois… Tu m'as menti, voilà tout… Depuis que je te connais tu m'as trompée (…)

Elle semble épuisée par ces mots. J'appuis ma main sur sa tête :

— Tu sais bien que j'étais forcé de mentir. Si je t'avais parlé… Souviens-toi !… Ce n'était pas possible ! On m'avait dit qu'il fallait te ménager… Tu ne pouvais rien entendre. Je t'aurais perdue aussitôt. Plus tard je n'ai pas osé… Il était trop tard.

— Aujourd'hui tu as osé… Mais c'est vraiment trop tard… Ton mensonge a pénétré partout… Je ne pourrai pas l'oublier…

Elle se retourne vers le mur, cachant sa tête ; ses épaules nues, comme diaphanes à la lumière, tremblent sous la secousse des sanglots. »

(Jacques Chardonne, *Claire*)

V.

Crépuscule

— Tu viendras déposer une fleur sur ma tombe chaque année ?

— Oui.

— Tu es oublieuse ? Non, tu n'es pas oublieuse, toi… !

Il est allongé sur son lit, en peignoir. Les yeux fermés. Elle s'assoit à côté de lui, sans bruit. Elle détaille son visage. La peau parcheminée. Les traits creusés. Même le nez n'est plus qu'une mince arête, à deux doigts de casser. La mort s'est installée.

Un jour, Mitterrand lui a montré un masque mortuaire, moulage parfait de son visage, qu'il a fait réaliser. Il est posé à gauche de son lit, enveloppé dans du papier.

Il l'appelle à 8 heures et demie. Le jour est à peine levé, ce dimanche 1er janvier 1995. Il lui souhaite une belle année.

— Je suis la première ? demande-t-elle.

— Oui. Sauf le médecin, à 7 heures et demie.

Il lui raconte son réveillon. Une quinzaine pour le dîner, à Latche, mais il n'a pas quitté son fauteuil de la soirée.

— Je suis parti me coucher à minuit dix, précise-t-il.

— Tu as pensé à moi à minuit ?

Claire ne comprend pas pourquoi il nie. Il l'appelle tous les ans peu après minuit, le soir de la Saint-Sylvestre. Mais pas cette fois, c'est vrai. Elle a attendu toute la soirée.

— J'ai regardé hier tes derniers vœux aux Français.

— Ah oui ?

— Ça a achevé de me rendre triste. Qu'as-tu voulu dire par les forces de l'esprit ?

— Ça veut dire les forces de l'esprit…

Il reste évasif. Lui dit qu'il rappellera pour dire bonsoir.

Il l'emmène partout désormais. Lui ouvre les portes, tous les accès. Il accepte même qu'elle le photographie et répond longuement à ses questions, le petit enregistreur de Claire posé à côté de son fauteuil ou sur son lit. Elle lui a dit qu'elle voulait écrire un livre sur ses derniers mois à l'Élysée. Comme ça je serai avec toi tout le temps, a-t-elle plaidé. Il ne lui résiste plus. Elle se persuade qu'il a trouvé là un moyen de se racheter, après les révélations sur Anne et Mazarine. Il est épuisé.

Claire n'écrit plus rien dans son agenda. Elle noircit des cahiers Rhodia à spirale ou avec pages détachables. Elle a rangé ses notes dans des pochettes de couleurs différentes, classées par thèmes : « Campagne présidentielle », « Emploi du temps », « Santé », « Déménagement », « Argent », « Après l'Élysée ». Il y a aussi une pochette « Mort ».

— On sera vraiment fixés dans deux mois !

Il lui explique qu'il se force à marcher tous les jours. Ce matin, il a fait deux fois le tour du parc de l'Élysée.

— Mais ça me transperce !

Il feint le détachement :

— C'est ça les malades, ils ne parlent que de leur maladie ! Ça représente pourtant si peu de chose dans le cours du monde.

Ce 5 janvier, Mitterrand doit présenter ses vœux au corps diplomatique, en fin d'après-midi. Il a dormi avant l'arrivée de Claire, a pris des antalgiques. Ils parlent de son appartement de la rue du Four. Ça fait un mois qu'il n'y est pas venu, ça semble lui manquer. Elle s'inquiète de ne plus pouvoir venir le voir à l'Élysée, à partir de mai, quand il aura quitté le pouvoir.

— Tu iras vivre à Latche ?

— Non, je m'ennuierais... Je serai beaucoup à Paris, j'aime mieux.

— Comment se verra-t-on ?

Il sourit.

— Dans les cafés ?

Elle secoue la tête.

— Tu parles ! On ne se verra quasiment plus !

— Au contraire, davantage ! J'aurai tout mon temps libre. Quoique avec toi, il faut faire attention, tu n'es pas raisonnable. Tu es une passionnée.

Cette fois c'est lui qui l'interroge :

— Tu crois que tu me reverras debout, cette année ?

Elle répond oui.

Il lui montre ses mains.

— Regarde…

— Quoi ?

— Ce ne sont plus les mêmes que quand j'avais 20 ans.

— C'est celles que j'ai toujours connues.

Il est 16 h 18, note Claire dans son carnet.

Mitterrand doit se changer. Elle entend la musique de la garde républicaine qui salue dehors l'arrivée des ambassadeurs. Elle prend un livre, le feuillette. Il revient la chercher, en chemise et pantalon. L'embrasse. L'entraîne dans la salle de bains. Noue une cravate devant la glace. Ses mains tremblent un peu. Elle le regarde dans le miroir et pour la première fois, remarque qu'il a vieilli. Se rendant compte qu'elle l'observe, il lui dit qu'il a maigri et que c'est mieux ainsi, il se trouvait trop gros. Il se parfume, lui tend le flacon, pour qu'elle puisse s'en mettre aussi. Un jour, il a versé un peu de son parfum pour elle dans une fiole en verre, il aime qu'elle veuille désormais porter le même que lui.

Les ambassadeurs l'attendent dans la salle des fêtes.

— Ils vont tous me scruter et vite télégraphier dans leur pays la tête que j'ai, soupire Mitterrand.

Dans le couloir, ils croisent un garde républicain et un huissier.

— Je t'appelle demain matin, 9 heures.

Pas un baiser.

Claire vit au rythme des rumeurs. Quand elle n'y tient plus, elle appelle Michel Charasse. Le conseiller du président lui ordonne sèchement d'arrêter de croire tout ce qu'on dit. Souvent, il l'emmène dîner, pour lui changer les idées.

Notes de Claire

Jeudi 9 mars 1995
Élysée, bureau, 17 h 30.

Il énumère les moments de crise : dimanche, hier après-midi, et aujourd'hui. Cette semaine, il a été piqué tous les jours, en plus des prises de sang.

— J'ai des trous partout…

Il assure que la chimio n'a servi à rien. Qu'au contraire, ça l'a détruit de l'intérieur. C'est lui qui a décidé d'y mettre un terme. Il me fait remarquer qu'il boite. Je le quitte vers 19 h 20. Il doit aller prendre ses médicaments. Douze ou treize pilules. Il s'est à nouveau coupé les cheveux très court. Il dit qu'il ressemble à un poussin qui sort de l'œuf.

François Mitterrand boude la campagne présidentielle. Les sondages ont tourné en faveur de Jacques Chirac, qui distance désormais Édouard Balladur et Lionel Jospin.

— Je ne m'y attendais pas, dit-il à Claire, surtout qu'on approche… Quand est-ce déjà ? Le 23 avril ? le 26 ?

Elle s'amuse qu'il fasse mine de ne pas connaître la date du premier tour de scrutin.

— Quand je recevrai Chirac ici, j'aurai un petit sourire, dit-il en jetant un regard circulaire sur son bureau.

— Pourquoi ?

— Parce que c'est un garçon tellement impressionnable, influençable… Mouvementé, quoi. Il n'est pas fait pour ça.

— Crois-tu que Balladur ait davantage les qualités requises ?

— Il est plus calme mais il représente la finance, le capital, toute cette petite société détestable.

Elle lui demande s'il a l'intention d'intervenir dans la campagne.

— Si on le souhaite, répond-il. Mais Jospin a son orgueil... Je ne voudrais pas avoir l'air de m'imposer !

Il prétend ne pas savoir si son implication peut aider Jospin ou au contraire lui nuire. Prudent, il ajoute qu'il a de bonnes relations avec lui, il lui a d'ailleurs parlé au téléphone récemment. Il précise que certaines personnes de l'entourage du candidat socialiste lui sont en revanche très hostiles. Il cite Dominique Strauss-Kahn, Pierre Moscovici et Jean-Christophe Cambadélis.

Il note le retournement des médias en faveur de Chirac.

— La reptation ! s'esclaffe-t-il. TF1 qui était si balladurienne... !

Les ralliements de ses amis au candidat du RPR ne semblent pas l'incommoder, il préfère ironiser.

— Même Pierre Bergé a appelé à voter Chirac, relève Claire.

— Il fait ce qu'il veut, relativise Mitterrand. Il n'a aucun sens politique. C'est un impulsif, un sentimental.

Le président se montre plus sévère avec l'animateur de télévision Pascal Sevran, qu'il a décoré la veille, dans un salon de l'Élysée.

— C'est Line Renaud qui l'a emmené aux Bouffes du Nord où Chirac réunissait des artistes..., explique-t-il. Il m'a écrit des lettres désespérées pour me dire qu'il ne m'abandonnait pas.

Assise dans un coin, elle le regarde ranger sa chambre. Une valise est posée sur le lit. Des cartons partout. On a décroché aussi les tableaux. Le déménagement entre l'Élysée et la rue de Bièvre est un crève-cœur. Lui, le collectionneur, déteste jeter, se séparer des objets.

— C'est dommage, lance-t-il, j'aimais bien ma chambre…

Il a commencé par les livres. Il dit que c'est le gros morceau, qu'après, ça ira plus vite.

— Des livres que j'ai acquis en un demi-siècle… Je vais les envoyer au centre Jean-Jaurès, à Nevers, comme ça ils ne seront pas séparés. Quand je serai mort, ils s'écrouleront sous la poussière.

Plusieurs gardes du corps sont venus l'aider. Le plus grand sort les livres de l'étagère, un autre les range dans les cartons, un troisième dresse l'inventaire. Le président donne des ordres, assis dans son fauteuil. Il précise qu'il n'aurait jamais pu faire ça tout seul, comme s'il se justifiait d'avoir enrôlé les gendarmes.

Puis :

— Je ne crois pas que je passerai 1995.

Pour chasser la mélancolie, les gardes du corps ont une idée : habiller chaque rayon vide de la bibliothèque avec des bibelots qui resteront jusqu'à la fin. Ils les installent un à un : une miniature de la statue de la Liberté, des fleurs séchées, une branche d'olivier, une mappemonde, une photo de Venise, une sculpture de Niki de Saint Phalle, des médailles plaqué or, un cheval, un éléphant et un chien…

— Mes livres partent avant moi, murmure Mitterrand. Je dois bien m'habituer à la fin de ma vie. Alors, la fin de mon mandat…

Claire proteste.

— Arrête, tu ne peux pas dire une chose pareille.

Impassible, il se met à fredonner une chanson d'Aznavour, « Que c'est triste Venise »…

Ils sortent dans le parc.

— Tu crois que je dois me faire incinérer ? demande-t-il brusquement. Je trouve que c'est une faiblesse de ne pas le faire.

Claire ne répond pas.

— Tu t'en fiches ?

— Non, dit-elle à contrecœur, se faire enterrer, ça veut un peu dire croire en quelque chose après.

— Je verrai bien…

— C'est aussi laisser une trace, insiste-t-elle.

— Oui, je suis d'accord, conclut-il. Et puis, se faire incinérer, ce n'est pas une tradition dans ma famille.

Ils marchent un moment en silence. Claire l'interroge ensuite sur les causes du suicide de François de Grossouvre, dans son bureau de l'Élysée. Mitterrand lui dit que cette mort brutale reste une énigme. Il précise que Grossouvre n'était pas un ami de premier plan, même s'il était le parrain de sa fille Mazarine.

— C'était plus une relation mondaine…

Il dresse la liste de ses plus proches : il y a eu Georges Dayan et Marie-Thérèse Eyquem, ils sont morts tous les deux. Aujourd'hui, il y a Robert Badinter et Roland Dumas.

Emmitouflé, Mitterrand s'émerveille devant les colsverts qu'il a fait venir du parc de Rambouillet.

— Ils sont mignons ! Ne leur fais pas peur… Je veux qu'ils m'aiment.

Sur une photo de Claire, il porte un pantalon de flanelle sombre, une chemise en denim sous un pull noir, une veste bleue, sombre elle aussi. Ses chaussures semblent être en daim noir. Il se tient droit devant le bureau et la bibliothèque. Sa main gauche écarte un pan de la veste, le bras droit repose le long du corps. Il fixe l'objectif sans sourire. Sans réticence non plus.

Avec un brin de coquetterie, peut-être.

Il signe ses parapheurs, assis dans son fauteuil. Ça fait longtemps qu'elle ne l'a pas vu au travail. Parmi les papiers qui jonchent son bureau se trouve une chemise cartonnée dans laquelle il a rangé les discours qu'il a prononcés entre 1988 et 1993, avant la deuxième cohabitation.

— Je dois m'appliquer comme un écolier…

Il tend à Claire une feuille de papier.

— Regarde mon écriture, ce qu'elle est devenue… Ce n'est plus la mienne.

La voiture a quitté l'Élysée par la grille du Coq. Un samedi de mars, à midi. Ils sont assis à l'arrière. Mitterrand lui dit qu'un jour, il fera l'unanimité. Pas tout de suite, précise-t-il, mais dans dix ou vingt ans. Il ne s'inquiète pas de l'image qu'il laissera.

— Tu sais, je suis très populaire en France, insiste-t-il. Tu n'as pas l'air de le croire !

Elle hausse les épaules.

Il lui explique qu'il aura bientôt un appartement de fonction. Le secrétaire général du gouvernement lui a trouvé quelque chose en face de l'École militaire. Comme ancien président, il aura beaucoup de sollicitations. Mais après l'Élysée, il ne veut plus rien faire d'officiel. Juste se promener dans les rues de Paris. George Bush l'a invité à l'automne pour un colloque à Colorado Springs, réunissant les acteurs de la fin de la guerre froide. Il y aura Margaret Thatcher et Mikhaïl Gorbatchev. Il ne sait pas s'il ira. Il estime que ça fait un peu anciens combattants.

— Et puis, je ne serai peut-être pas vivant.

Claire lui dit qu'elle n'aime pas penser au mois de mai.

— Écoute, j'en ai marre, répond-il. J'arrive encore à travailler quatre ou cinq heures par jour mais ça fait quand même quatorze ans…

Puis, il ajoute, curieusement :

— On prend des heures…

La voiture traverse la Seine, remonte le boulevard, jusqu'à la rue de Bièvre.

— Je crois toujours que j'ai 30 ans, alors que j'en ai près de 80, poursuit-il. J'essaye de m'en convaincre mais je n'y suis pas encore arrivé.

Claire tourne la tête vers lui.

— Tu y arrives par à-coups, rectifie-t-elle.

— Oui, c'est ça, acquiesce-t-il.

— Cela dit, tu n'es pas obligé de t'en convaincre !

— Si, c'est la réalité.

Il note qu'il lui reste deux mois avant le terme de son mandat.

Ils rejoignent son pigeonnier, c'est ainsi qu'il appelle son bureau de la rue de Bièvre. Mitterrand doit faire de la place avant l'arrivée des cartons de l'Élysée. En montant, ils croisent Danielle. Elle annonce que le docteur Tarot viendra pour le café. Mitterrand justifie mollement la présence de Claire. L'épouse du président l'ignore, comme toujours.

Il l'entraîne sous les combles. Elle lui demande si elle peut photographier la pièce et les photos qu'il a posées sur les rayons de sa bibliothèque : François Mauriac, son meilleur ami Georges Dayan, Danielle plus jeune…

Puis elle le photographie, lui.

— Tu ne veux pas un petit souvenir de moi ?

Il veut lui donner ses lunettes en écaille. Un jour, il lui propose de choisir un tableau parmi ceux qui traînent dans sa chambre à l'Élysée. Une autre fois, il insiste pour qu'elle reparte avec une statuette.

Claire voit bien qu'il se dépouille, se prépare.

Elle refuse ses cadeaux.

Elle ne veut pas qu'il meure.

— Tu as tort de ne pas la prendre, elle a de la valeur, lui dit-il à propos de la statuette.

Aujourd'hui, elle regrette de ne pas l'avoir acceptée.

Je lui parle des *Lettres à Anne*, publiées par Gallimard en 2016. Claire me dit qu'elle a accueilli cette nouvelle révélation avec calme. Le temps a passé, elle se sent en paix désormais. Après toutes ces années, âpres et épuisantes, à l'attendre tout en redoutant sa mort, elle n'a plus peur de rien.

C'est le mot repos qui lui vient.

Elle a lu les lettres, éblouissantes, que Mitterrand a écrites à Anne Pingeot entre 1962 et 1995. Au départ, Claire choisissait des dates qui avaient un sens pour elle. Son anniversaire, par exemple, qu'il fêtait tous les ans avec elle, le soir. Ou l'anniversaire de leur première rencontre, rue de Bièvre, le 12 juillet, qu'ils passaient toujours ensemble. Pour voir si ces jours-là, il avait écrit à l'autre et si oui, ce qu'il lui avait dit. Elle n'a rien trouvé de particulier.

Elle me dit : Anne a été son grand amour.

Il n'y a pas d'amertume dans sa voix. Elle m'explique au contraire qu'elle a aimé, en lisant, retrouver l'homme qu'elle connaissait. Certaines de ses expressions. Sa délicatesse et sa douceur, sa sensibilité. Son humour, aussi. Elle emploie, encore une fois, le mot pureté. C'est le mot qu'elle avait choisi pour me décrire leur histoire, le lien qui les unissait, la première fois qu'elle m'a dévoilé son secret. Elle avait dit pureté, et elle avait pleuré. Je n'avais pas compris ce qu'elle voulait dire alors. Pas compris ce mot précis. Mais comment pouvais-je juger ?

En même temps que les *Lettres*, Gallimard a publié un *Journal pour Anne* : vingt-deux blocs de papier à lettres grand format, à la fois journal intime, carnet de voyages et jeu de piste amoureux, reproduits en fac-similés. Photos, articles de presse, cartes de visite, faire-part de mariage, dessins, cartes postales, fleurs séchées, billets de train ou tickets de cinéma se mêlent, annotés de l'écriture bleue, précise et appliquée, de Mitterrand. À chaque fois qu'il terminait un carnet, il le donnait à Anne, nouvelle lettre d'amour à la saisissante beauté.

C'est peut-être ce journal qui m'a blessée le plus, me dit Claire. Elle évoque le carnet relié qu'elle lui avait offert et qu'elle aurait aimé qu'il remplisse pour elle.

Était-ce par égard pour Anne Pingeot ? s'interroge-t-elle à haute voix. Il avait décidé de lui donner ça, ces lettres, ces écrits. Et dès lors, il ne pouvait le donner à aucune autre. C'était sans doute sa manière de lui être fidèle.

Il inaugure la très grande bibliothèque, dans la lumière du soir. Il attendait cette journée depuis longtemps et avait même posé la maquette sur son bureau, avec un sablier. Mais il n'a pas pu en profiter. Au téléphone, ce soir-là, il ne parle que de son mal de dos. Il dit à Claire que ce sont les métastases.

Puis : Arrêtons, je n'ai pas envie de parler de ma maladie.

La douceur du printemps. Mitterrand a décidé de grimper au sommet du mont Beuvray, où il a songé à se faire enterrer. Le cortège quitte Glux-en-Glenne, dans le massif du Morvan, où il vient d'inaugurer un centre archéologique. Claire a juste le temps de sauter dans une voiture officielle, suivie par Jack Lang, essoufflé. Arrivés en haut, François et Danielle ne découragent pas le docteur Tarot de les accompagner. Les autres doivent patienter à côté des voitures. Lang fait nerveusement les cent pas, jetant de temps en temps des regards anxieux vers le couple présidentiel qui fait le tour du plateau, dominant la plaine et la forêt de hêtres. Puis le cortège redescend.

L'hélicoptère les attend.

Il s'élève dans le ciel et tournoie, avant de s'élancer dans un bruit assourdissant. Les gardes du corps ont demandé au pilote de faire un détour pour survoler Vézelay que Mitterrand aime tant. L'appareil bascule, tourne sur lui-même avant d'effectuer de grands cercles au-dessus de la basilique.

— Pour vous faire plaisir, Monsieur le président !

Mitterrand sourit. Le front collé à la vitre, Claire regarde en bas.

Notes de Claire

Vendredi 7 avril 1995

Au téléphone, à 11 h 15.

Il vient de faire une IRM à l'hôpital. Je le presse de questions. Il me dit qu'il a des taches sur les vertèbres 4 et 5, que ça pourrait être des métastases. Il n'y a aucune fatigue dans sa voix.

Leur déjeuner est servi dans la chambre. Des coquillages, comme à chaque fois depuis des mois. Il n'a pas d'autres idées. Plus envie de rien. Claire l'interroge encore sur l'IRM qu'il a dû faire trois jours plus tôt. C'est comme entrer dans un four, raconte Mitterrand. Il est claustrophobe mais n'a pas dit un mot.

— J'étais soumis, poursuit-il.

Il sourit :

— Je progresse, tu vois ?

Il lui rappelle que son père Joseph et son frère Philippe sont morts d'un cancer de la prostate.

— Philippe, ce sont les docteurs qui l'ont exécuté, raconte-t-il. Il lui restait deux ou trois semaines à vivre, il voulait la paix. Mais les médecins ont insisté pour lui faire une IRM, il a fini par accepter. Personne ne savait qu'il avait un pacemaker, c'est incompatible, tu le savais ? Il est entré dans le four et il a cessé de vivre.

Il mime la mort immédiate par arrêt cardiaque.

Il commence les rayons ce soir. Il semble plein d'espoir, écrit Claire dans son carnet.

Notes de Claire

Mardi 11 avril 1995

Au téléphone, à 9 h 40, un peu plus tard que d'habitude.

— Je n'ai pas pu t'appeler plus tôt, j'étais en crise aiguë. J'ai terriblement mal au dos depuis 5 h 30 ce matin. Je vomis toutes les demi-heures. Je ne sais pas comment me mettre pour aller mieux. Les médecins m'avaient prévenu que la reprise des rayons risquait de réveiller les cellules cancéreuses.

Ce soir, il doit enregistrer « Bouillon de culture » avec Bernard Pivot sur les grands travaux. L'enregistrement est prévu à 18 heures.

Il se demande comment il va tenir.

Notes de Claire

Jeudi 13 avril 1995

Élysée, chambre, 11 heures.

Il ne mange plus rien. Cette nuit encore, pour la troisième fois, le médecin lui a fait une piqûre de morphine. Il trouve que ce n'est pas bon signe. La morphine, c'est ce qu'on donne aux mourants.

Il annonce à Claire qu'il part pour Latche. Il ira ensuite à Brégançon pour Pâques, son fils Gilbert y tient. Les Landes, puis le Var, ça ne colle pas vraiment. Je relis les articles de l'époque. On retrouve la trace du président à Gordes, dans le Midi, où il passe quelques jours avec Anne Pingeot, avant de rejoindre le fort de Brégançon, où l'attend effectivement Gilbert. J'annonce à Claire qu'il ne lui a pas dit la vérité, il n'est pas allé à Latche.

Elle hausse les épaules :

— Il détestait être confronté à ses mensonges. La plupart du temps, il préférait mentir par omission.

Le docteur Jean-Pierre Tarot frappe à la porte. L'anesthésiste, spécialiste de la douleur à l'hôpital Saint-Louis, a succédé au docteur Gubler qui soignait François Mitterrand depuis quinze ans, avant d'être brutalement congédié, fin 1994. La présence de Tarot a également entraîné la disgrâce du médecin militaire de l'Élysée, le docteur Kalfon, qui a longtemps veillé sur Anne et Mazarine.

Entre le président et cet homme charismatique à l'allure athlétique, menton carré et sourcils noirs broussailleux, s'est noué un lien qui va bien au-delà de la relation entre un médecin et son patient. Une relation de drogué à dealer, prétendent les mauvaises langues, qui l'ont surnommé « Raspoutine ».

Mitterrand, qui est au téléphone, invite Tarot à entrer, d'un geste. Le médecin dit bonjour à Claire du bout des lèvres, sans la regarder. Le président interrompt sa conversation téléphonique et s'étonne de cette froideur. Tarot sourit et propose du thé à la jeune femme. Elle déteste cet air de maître d'hôtel qu'il prend tout d'un coup. Il cherche une ordonnance dans une liasse de papiers, à côté du lit. Puis prépare un cocktail de médicaments. Depuis qu'il s'est mis au service de Mitterrand, cessant toute autre activité, la chambre de son patient est devenue son royaume. Il s'y sent comme chez lui. Lui-même occupe un petit studio qui jouxte les appartements privés.

Claire n'aime pas beaucoup Tarot. Elle le trouve trop sûr de son pouvoir sur le président, qui depuis des mois, il est vrai, ne jure que par lui. Elle ne comprend pas non plus pourquoi il prend toutes ces photos, elle l'a même vu filmer. Plusieurs fois, elle s'en est plainte, a fait remarquer qu'il occupait toute la place. Mais Mitterrand, qui l'a vu soigner avec dévouement son ami l'industriel Jean Riboud, ne peut plus s'en passer. Il l'emmène partout, y compris à Latche ou dans ses dîners privés. Les nuits de crise, il arrive que Tarot dorme à ses côtés, sur un lit d'appoint.

Le médecin, lui aussi, semble s'irriter de la présence de Claire. Il aimerait que les faveurs et l'attention de Mitterrand lui soient exclusivement réservées. Il a dit un jour au président qu'il sentait bien que sa jeune amie ne l'appréciait guère. Mitterrand a fait mine d'être contrit. En réalité, cette rivalité l'amuse et le distrait.

Tarot quitte la pièce, revient. Il indique au président qu'il ne faut pas tarder à partir pour l'hôpital. Toutes les dispositions ont été prises pour lui permettre de s'y rendre incognito. Il ajoute qu'il est très élégant aujourd'hui. Claire s'agace du ton qu'il emploie, comme s'il s'adressait à un très vieux monsieur. Ces interruptions répétées gâchent son temps précieux. Elle sent Tarot dans son dos. Il s'affaire, entre et sort, remet les chaises en place, prend une pile de parapheurs pour la porter au secrétariat, revient avec son manteau sur les épaules et une sacoche en bandoulière.

Ils ne sont plus seuls.

Il joue avec le pied de Claire tout en parlant avec son éditrice, au téléphone. Ce jeudi 27 avril, Odile Jacob lui demande de faire la promotion du livre qu'elle vient de publier, *Mémoire à deux voix*, un dialogue avec Élie Wiesel. Il refuse. L'éditrice se désole de la brouille qui oppose les deux auteurs. Les révélations de Pierre Péan dans *Une jeunesse française* ont abîmé la relation entre les deux amis. Le prix Nobel de la paix estime ne pas avoir reçu d'explications convaincantes de la part du président sur son amitié avec René Bousquet. Les deux amis ne se parlent plus directement. Odile Jacob rapporte que Wiesel s'attriste de cette fâcherie. Mitterrand répète qu'il ne répondra pas à la lettre qu'il vient de lui écrire. Et laisse entendre qu'il regrette d'avoir fait ce livre avec lui.

— C'est un demi-livre, puisque Wiesel en prend la moitié, lance-t-il, avant de s'enquérir du nombre d'exemplaires vendus.

Depuis la sortie, il informe Claire chaque jour des ventes :

— Je m'enrichis à mon insu, lui dit-il. Ça va me permettre de payer mes dettes.

Il lui tend un exemplaire du livre, comme à regret.

— Je te donne celui-là parce que je te l'avais promis mais je n'en ai plus.

Elle fait remarquer qu'il peut en avoir comme il veut.

— C'est vrai, acquiesce-t-il. Sinon j'irais en acheter en librairie. Quoique ça ferait un peu ridicule.

Dans *Mémoire à deux voix*, Mitterrand confie à Wiesel qu'il puise dans l'enfance la plus large part des réserves dont il dispose : « Lorsque l'on vieillit et que l'on approche de la mort, on revient à ses origines, à ses premières émotions, à ses premières sensations. »

Le livre est dédié à une certaine Lucia. Claire veut savoir qui c'est. Elle apprend qu'il s'agit d'une amie d'Élie Wiesel, une Italienne. Mitterrand évoque une complicité intellectuelle, jure qu'il n'y a rien d'autre.

Il assure à Claire qu'elle est sa dernière relation affective.

Claire me montre la liste des livres qui ont quitté l'Élysée pendant le déménagement. Un garde du corps lui a donné une copie de l'inventaire.

Carton n° 1 (étagères tête de lit, rayonnages du haut)
– *Histoire des Républiques italiennes*
– *L'Europe au Moyen Âge*
– *Histoire des ducs de Bourgogne*
– Flaubert : éditions complètes ; documents iconographiques

Carton n° 2 (étagères voisines de la fenêtre, côté tête de lit)
– Démosthène : *Harangues, Œuvres*
– Tacite : *Œuvres*
– Plutarque : *Hommes illustres*
– V. Bérard : *Les Phéniciens*, tomes I et II

Carton n° 3 (étagères tête de lit à droite)
– A. France : *Vie de Jeanne d'Arc*
– J.L. Motley : *Fondation de la République des Provinces Unies*
– M. Guizot : *Mémoires, Œuvres*
– Ch. Maurras : *Dictionnaire politique et critique*

Carton n° 4 (étagères tête de lit)
– Les Évangiles
– Bible de Jérusalem
– La Sainte Bible
– *Jérusalem et la Terre-Sainte*
– Rabelais, 5 tomes
– Duc d'Aumale : *Histoire des princes de Condé*

Carton n° 5 (étagères à droite dans l'entrée de la chambre)
Livres de : R. Dumay, d'Hérisson, Glais Bizoin, Simon-Mayer, Lissagaray, Léon Blum, de Kératry, G. Theyras, Ph. Monnier, J. Simon, B. Hyde de Neuville, R. Benjamin, Adam de Villiers, P. Benoit, P. Belperron
Puis :
– *Le Géographe universel*
– *Itinéraire de Bonaparte*
– Duchesse d'Abrantès : *Mémoires sur la Restauration*

Carton n° 6 (étagères de l'entrée de la chambre, droite et gauche)

– M. Joubert : *Pensées*
– E. Wiesel : *Célébration biblique*
– E. Cavaignac : *Sparte*
– L. Blum : *L'Exercice du pouvoir*
– J. Martet : *Clemenceau*
– J. Michelet : *Précis de l'Histoire moderne*
– *Mémoires de la baronne Oberkirch*
– *Mémoires de la marquise de La Tour du Pin*
– *Mémoires de la comtesse de Boigne*
– *Relire Lamartine aujourd'hui* (actes de colloque)
– R. Delamain : *Jarnac*
– J. Daniel : *Le Refuge et la Source*
– M. Constantin-Weyer : *Morvan*
– A. Cohen : *Ézéchiel*
– J. Cocteau : *Le Potomak*
– P. Buck : *La Mère*
– H.A. Coudreau : *La France équinoxiale*
– Saint-Exupéry : *Citadelle*
– R. Daumal : *La Grande Beuverie*
– J. Cocteau : *Lettres à J. Maritain*
– A. Ducasse : *La Guerre des camisards*
– G. Duhamel : *Confession de minuit*
– R. Davezies : *Les Abeilles*

Carton n° 7
– Collection Buffon
– F. Mistral (2 tomes)
– J. Romains (4 tomes)
– E. Gaboriau (4 tomes)

Carton n° 8 et carton n° 9 (étagères dans l'entrée à gauche)

– Dostoïevski : *Crime et châtiment*
– A. Blondin : *Ma vie entre les lignes*
– P. Boulle : *L'Étrange Croisade de l'empereur Frédéric II*
– J. Cocteau : *Poésies* (tomes I et II)
– Hector Bianciotti
– Louis Le Cardonnel

Carton n° 10 (étagères dans l'entrée à gauche)

Divers ouvrages parmi lesquels :

– Véron (5 tomes)
– Cardinal de Retz
– *La Commune vécue*

Notes de Claire

Vendredi 21 avril 1995

Au téléphone (l'heure n'est pas précisée)

Il m'explique que son médecin a très peur que ses vertèbres cassent. Les métastases attaquent le calcaire. Si elles touchent la moelle épinière, il sera paralysé des jambes et des bras. Elles en sont très proches, d'après les examens. C'est classique avec lui : il me dit tout ça pour entendre mes protestations et des encouragements. Le premier tour de l'élection présidentielle a lieu dans deux jours. Il se sent abandonné de tous.

Notes de Claire

Vendredi 28 avril 1995

Élysée, chambre, midi.

Il est dans son lit, vidé. Il n'arrive pas à bouger. Aujourd'hui, il a mal au cou à cause d'une lésion à une vertèbre cervicale. Il a mal aussi quand il déglutit. Les rayons ont provoqué un œdème à l'œsophage.

— Je vais tomber dans le coma, dit-il. Ça finit toujours comme ça, tu sais, ces maladies. Il paraît alors qu'on ne souffre plus.

C'est le dernier voyage officiel.

Au lendemain du second tour de la présidentielle, Mitterrand est attendu à Berlin et Moscou, pour les commémorations de la fin de la Seconde Guerre mondiale. La veille, il a passé la soirée rue de Bièvre. Il a appelé Claire à 19 heures pour lui donner les résultats, faisant remarquer qu'il ne s'était pas trompé dans ses pronostics. Il avait dit 52/48. La victoire de Chirac ne semble nullement le troubler, note-t-elle dans son carnet.

Pour faire plaisir à Claire, il a fait affréter le Concorde. Il l'emmène avec lui, ainsi qu'une délégation pléthorique : le secrétaire général de l'Élysée Hubert Védrine ; Roger Hanin, qui n'a participé qu'à un seul déplacement présidentiel en quatorze ans, à Alger, et demandé à venir au dernier ; les amis du premier cercle, Roland Dumas et Robert Badinter ; son vieux conseiller, Jean Kahn, qui le suivra dans son exil, avenue Frédéric Le Play ; son chauffeur Pierre Tourlier.

Arlette, l'épouse du concierge de la rue de Bièvre, en mourait d'envie, alors il l'a emmenée aussi. Le président a également invité son ancien médecin, le docteur Gubler. Mais celui-ci, encore fâché, a décliné. Le photographe argentin Diego Goldberg fait partie du voyage. Il a couvert la campagne présidentielle de 1981, comment lui refuser de photographier la fin ? Le fidèle Charasse rejoindra la petite troupe le lendemain.

Un ancien aide de camp du président, devenu pilote, prend les commandes du Concorde.

À Berlin, Mitterrand improvise un discours étincelant, ode à la réconciliation franco-allemande. L'assistance se lève pour un hommage au président français. Kohl a les larmes aux yeux. À Moscou, le lendemain, il termine par un dernier discours et de nouveaux adieux : « J'appartiens à la génération qui s'en va… »

Il part ensuite dîner au Kremlin avec Tarot et Dumas.

Plus tard, il raconte à Claire cette soirée. Les amabilités du jeune président américain Bill Clinton, venu lui demander de dédicacer son menu, comme un petit garçon devant le vieux sage. Le sabre offert par Boris Eltsine. L'émotion d'Helmut Kohl, qui s'est levé à la fin du dîner pour le prendre dans ses bras.

— C'est un Rhénan, il est sentimental, commente Mitterrand.

Quand il s'est éclipsé, à la fin du dîner, les chefs d'État lui ont fait une haie d'honneur.

— Ils ont fait ça par politesse, fait-il semblant de

relativiser devant Claire. C'est parce que je suis le plus vieux. Et que je m'en vais.

Avant l'arrivée à Paris, Mitterrand vient saluer ses invités dans l'allée du Concorde. Ses conseillers le félicitent pour son discours de Berlin. Claire, aussi.

— Vous en doutiez encore ? lui lance-t-il, en la vouvoyant devant les autres.

Michel Charasse, qui vient de faire un bon mot, se voit gratifier d'une tape amicale sur la joue. Elle ne l'avait jamais vu aussi familier.

À Roissy, Mitterrand la retient sur le tarmac. Il a remarqué la façon dont le photographe la regardait, dans l'avion.

— Il attaquait, hein ?

Ils rient.

Dans la voiture qui rentre à Paris, un conseiller du palais met la radio. Il n'est question que de Jacques Chirac. Sur le voyage de Mitterrand à Berlin et Moscou, à peine quelques mots. Claire se sent gagnée par la nostalgie. Charasse lui dit qu'ils vivront avec ces souvenirs. Et que ce sera bien aussi.

Il est couché. Il a eu un étourdissement dans la matinée, vendredi 12 mai. L'effet galvanisant du dernier voyage s'est déjà estompé.

La mort l'habite à nouveau.

— Un peu plus et tu arrivais juste au bon moment, clac ! Tu aurais été la première..., glisse-t-il à Claire.

Il se lève. Pendant qu'il se prépare, elle feuillette le deuxième tome de *Verbatim* que Jacques Attali vient de publier, il est posé sur le lit. Elle note la dédicace courtoise de l'ancien conseiller, avec lequel les relations se sont refroidies. Mitterrand n'a pas aimé le livre, s'est senti trahi. L'autre jour, Claire a vu Attali faire les cent pas dans l'antichambre. Un huissier est venu la chercher, pas lui.

— Il y a ton ancien conseiller, là, derrière la porte, a-t-elle lancé en entrant. Je croyais que tu ne le voyais plus...

— Je ne le vois plus ! a coupé Mitterrand. Il insiste mais je ne le recevrai pas.

Pendant le déjeuner, il lui parle paisiblement de Mazarine. Il lui explique qu'il l'a reconnue à sa naissance, en décembre 1974. Elle pouvait porter son nom si elle le voulait. Il ne lui a jamais interdit de dire qui il était. Mais à l'école, quand elle disait que son père était président de la République, on lui riait au nez. Ça lui faisait de la peine. Mazarine n'a pas trop mal pris les photos publiées dans *Match*. Au fond, poursuit-il, ça lui redonne son identité.

Au dessert, un fontainebleau. Au moment de le sucrer, Mitterrand lève la tête vers elle et il sourit :

— Mort en sucrant son fromage blanc... !

Il juge l'idée ridicule. Comme celle de se trouver un jour dans un fauteuil roulant, que Claire pousserait.

Il dit que toutes les femmes sont des infirmières.

Notes de Claire

Dimanche 14 mai 1995

Au téléphone (l'heure n'est pas précisée)

Hier matin, il a rangé ses affaires. Un tas de petites choses. L'après-midi, il a dormi avant d'aller à la finale de la Coupe de France de football, au Parc des Princes. Strasbourg-PSG. Il ne veut rien me dire sur le contenu des propos échangés avec Chirac, qu'il a retrouvé dans les tribunes. Il a toujours mal aux cervicales, mais moins. Il y a une semaine, le médecin voulait qu'il porte une minerve. Il veut que je comprenne la gravité de son état, il ne parle plus que de ça.

La pluie menace à chaque instant de tomber. C'est son dernier jour à l'Élysée, le 16 mai. Il a invité Claire à déjeuner. Il porte un costume taupe, une chemise blanche et une cravate bordeaux. Ils s'installent dans les appartements privés, dans la pièce où Claire a été reçue onze ans plut tôt, avec Benoît, pour le petit déjeuner.

Le salon Starck pour le premier jour et pour le dernier.

Il fait si sombre que les lampes ont été allumées. Mitterrand a mauvaise mine, les traits tirés. Il touche à peine au déjeuner. Claire a l'impression qu'on sert des restes : des brochettes d'abats et de saucisses, avec des pommes de terre, un malheureux gâteau en dessert. Il n'y a pas eu d'amuse-gueules avec le porto de l'apéritif, et la bouteille de vin posée sur la table est entamée : du rouge, alors qu'ils ont du saumon fumé en entrée. Elle note aussi que le service est relâché. Le monarque ne fait plus peur à personne. Elle aurait préféré le voir s'impatienter, renvoyer un plat en cuisine, un caprice plutôt que cette résignation.

Cette passivité.

Un maître d'hôtel les interrompt.

— Monsieur le président, veuillez m'excuser, Madame est seule, elle souhaite se joindre à vous.

Claire se raidit. C'est trop tard, Danielle est déjà entrée. Elle s'installe sans un mot pour elle, sans un regard. Le couple évoque les quatorze ans qui viennent de s'écouler, passés si vite.

— Tu te rends compte, ironise Danielle, ceux qui font un seul mandat… Travailler autant pour sept ans seulement !

Ils sourient.

Tout est vide dans les appartements privés, plus aucun objet.

— C'est triste, lâche Mitterrand.

Il dit que son nouvel appartement, avenue Frédéric Le Play, est envahi, qu'on ne peut plus marcher.

— Il n'y a plus du tout de place rue de Bièvre, hein ?

Danielle confirme. Elle annonce qu'elle fera cet après-midi sa tournée des adieux, au palais.

— J'irai aussi au standard. On les a tellement embêtés !

Elle demande à son mari de recevoir un groupe d'admirateurs de la première heure, des militants socialistes, qui viendront ce soir avec une rose. Il n'est pas emballé à cette idée.

— Ils ne seront pas si nombreux après, fait remarquer

Danielle. Et puis toi, il faut te dire trois fois qu'on t'aime pour que tu comprennes.

Elle lui réclame le portrait de lui réalisé par Guayasamin, des livres et des objets, pour France Libertés, l'ONG qu'elle a créée. Elle se plaint :

— Je n'ai rien pour ma fondation, rien !

Il parle peu, dit oui à tout.

Quand Danielle les quitte, Mitterrand et Claire vont s'asseoir un moment dans le canapé mais le président est épuisé, gêné par ce repas à trois qui vient de s'achever. Il refuse que Claire le touche, va s'étendre dans sa chambre, à côté, avant de la raccompagner. Dans le couloir, il lui demande son avis sur deux portraits, dont l'un ira rejoindre ceux de De Gaulle et Pompidou, au premier étage du palais.

Elle dit qu'elle préfère le plus ressemblant.

Puis, un sourire triste et un baiser.

— Tu m'appelleras ce soir ?

Elle attend rue de Bièvre, dans un coin de la pièce. Gilbert Mitterrand et sa fiancée regardent la télévision. Le président a expliqué à Danielle que Claire écrivait un livre sur ses derniers jours à l'Élysée et qu'elle serait avec eux ce jour-là. Lui est passé au siège du parti socialiste faire ses adieux, après la passation des pouvoirs avec Chirac. Ce n'est qu'ensuite qu'il arrive chez lui, suivi par sa femme et le docteur Tarot.

Il s'installe près de la fenêtre, dans son fauteuil. Il est épuisé. Gilbert suggère que ce n'est peut-être pas seulement physique mais aussi l'émotion de la journée.

— Non, c'est physique, coupe Mitterrand.

Danielle tente de téléphoner à sa sœur, qui a cherché à la joindre. La fiancée de Gilbert raconte que la voisine de Latche était interviewée à la télévision dans la matinée. Il pleut. Mitterrand croit se souvenir qu'il pleuvait aussi le 21 mai 1981, le jour de sa passation avec Giscard. Mais il ne sait plus vraiment. En revanche, il n'a pas oublié les cordes qui tombaient le 10 mai, pour son élection. Il se tourne vers Danielle.

— Tu te souviens, à Château-Chinon ? L'essuie-glace ne marchait plus tellement il pleuvait, on ne pouvait plus avancer.

Danielle aimerait savoir si le concierge de la rue de Bièvre a enregistré la passation des pouvoirs, pour la regarder plus tard. Elle sourit :

— J'allais dire « on demandera à l'Élysée » mais c'est fini, maintenant.

Désespérant de joindre sa sœur, elle propose de se rendre sans tarder dans le restaurant kabyle qu'ils ont choisi, juste à côté. Ils sortent sous la pluie.

Claire doit s'éclipser.

Trois jours plus tard, le 20 mai, ils vont marcher sur les quais.

À 19 h 30, note Claire dans son carnet.

— Il y a chaque jour une centaine de personnes rue de Bièvre, dit Mitterrand. Ils m'attendent, ils applaudissent, je serre des mains.

Puis, en souriant :

— J'ai mieux réussi ma sortie que Louis XVI.

Claire vient désormais le voir avenue Frédéric Le Play. Il souhaitait des bureaux à proximité du Champ de Mars où il aime flâner. Situés au troisième étage, les 240 mètres carrés dont il a hérité ont été divisés en deux : une partie de 90 mètres carrés abrite son bureau, inondé de soleil, et ceux des collaborateurs élyséens qu'il a emmenés avec lui ; l'autre partie est réservée aux appartements privés.

Les visites à « Le Play » sont plus faciles.

Claire retrouve un univers familier mais plus triste qu'à l'Élysée. Le mobilier Paulin ainsi que le fauteuil Eames ont été installés dans le nouveau bureau. Dans la chambre, monacale, le président a rangé des livres sur Venise et Vézelay, ainsi que le *Livre des morts* égyptien. Au mur, un portrait de saint François d'Assise et une photo de Baltique.

Elle arrive sur sa petite Yamaha 125, qu'elle gare à proximité. Elle le trouve changé. Souvent, il la reçoit en peignoir, à demi allongé. Il s'exaspère de la moindre contrariété.

— Tu as un quart d'heure de retard…, fait-il remarquer un jour, glacial.

Puis, il se tait, et ne dit plus un mot.

— Ça va être l'heure, lance-t-il enfin, il va falloir que tu t'en ailles.

Claire est consternée.

— Tu as vu la manière dont tu me traites ? Tu gâches tout ! Quel sens ça a de ne pas parler pendant trois quarts d'heure ? À quoi ça sert ?

Impassible, le président lui donne congé.

Ils se sont chamaillés au téléphone, sur le choix du restaurant. Claire a suggéré Le Duc, boulevard Raspail, mais il n'avait pas envie d'aller à Montparnasse. Il a proposé le quartier des Champs-Élysées, elle a refusé. Ils se sont finalement accordés sur Gildo, un italien de la rue de Grenelle, non loin de l'avenue Frédéric Le Play.

Ça fait vingt et un jours qu'il a quitté l'Élysée.

D'un geste, Claire appelle le serveur. Elle commande un carpaccio en entrée. Mitterrand choisit ensuite des pâtes aux fruits de mer. Par habitude, facilité. Il n'a pas envie de lire la carte et n'écoute pas non plus les suggestions du serveur, qu'il balaye avec sévérité.

— Ce sont des conserves !

Il se tient la tête entre les mains. Ses gardes du corps n'ont pas pensé à prendre son médicament. Et l'homme installé à la table voisine parle trop fort.

— Il veut faire le beau avec la femme ! siffle Mitterrand.

Elle tente de le calmer. Mais ses attentions l'agacent encore plus. D'ailleurs, il ne supporte pas qu'elle parle tout bas. La menace de ne plus l'écouter si elle ne prend pas une voix normale. Puis, il se radoucit, s'excuse d'être aussi fatigué.

— Je ne devrais pas te voir quand je suis comme ça, t'offrir ce spectacle. J'en ai assez tu sais, ça dure depuis un an, ça n'a jamais été mieux…

Il lui dit qu'elle risque d'apprendre sa mort subite. Ce soir ou demain. En tout cas, avant la fin du mois.

— Non. Tu vas te battre…, insiste-t-elle.

Mitterrand écoute à peine :

— Tous mes amis meurent un à un…

Le 20 juin, il lui dit :
— Je suis plein de faiblesses pour toi.

Il vient d'écouter la revue de presse, unanime devant le geste historique de Jacques Chirac. La veille, le 16 juillet, son successeur s'est exprimé au square des Martyrs Juifs du Vél' d'Hiv pour reconnaître la responsabilité de la France dans les déportations de Juifs. Mitterrand s'était toujours refusé à le faire, jugeant que la République n'avait « rien à voir avec ça ».

— À les entendre, je suis un antisémite ! s'agace-t-il devant Claire. Le président du Crif dit que je travaillais pour Vichy, que je fréquentais Bousquet, sans faire aucune nuance ! Bousquet, il avait été jugé, réhabilité. Il était dans tous les conseils d'administration. Il n'y a pas que moi qui le fréquentais. Et puis, la phrase de Chirac est ambiguë. Il dit d'abord « l'État français est responsable ». L'État français est le nom donné au régime qui a aboli la République. Ensuite, il ajoute « la France »… C'est là que je ne suis pas d'accord ! Vichy était une dictature molle, la France était occupée. Non, la République n'a pas à présenter d'excuses.

Ils marchent dans la douce lumière de septembre.

— Une promenade rapide, a prévenu Mitterrand, car je reçois le ministre de l'Environnement Michel Barnier à 18 heures.

— Le ministre des Affaires européennes, tu veux dire..., corrige Claire, surprise.

— Ah, heureusement que tu me le précises, j'allais lui parler d'environnement !

Ça semble l'amuser. Pas elle. Comment a-t-il pu faire cette confusion ?

C'est Barnier qui a demandé à voir l'ancien président. Le matin même, il a reçu le gouverneur de la Banque de France, Jean-Claude Trichet. Le lendemain, il verra le président uruguayen, Julio Maria Sanguinetti. La veille, Shimon Peres, en séjour à Paris, lui a téléphoné. Mitterrand explique à Claire qu'il a déjà refusé de voir sept chefs d'État depuis son installation à Le Play. Il ajoute que Chirac l'a appelé trois fois depuis son arrivée à l'Élysée. La première pour lui annoncer qu'il comptait reprendre les essais nucléaires dans le Pacifique. « Vous savez ce que j'en pense, c'est vous qui êtes président de la République désormais… », lui a répondu Mitterrand. La deuxième fois, au mois d'août, pour lui dire que ses deux canards du parc de l'Élysée avaient fait une couvée. Il reste évasif sur le contenu du troisième appel.

Il ne décolère pas en évoquant les affaires qui ont empoisonné la fin de son mandat.

— Les attaques sur la corruption, c'est ça qui nous a fait perdre. Il y a toujours eu moins d'indulgence pour les hommes de gauche que pour les hommes de droite. Eux peuvent recevoir de l'argent des entreprises, tout le monde considère que c'est normal ! Moi, on ne m'a autorisé aucun écart ! Regarde comme j'ai été attaqué au cours de cette dernière année. Et le procès Urba… On parle de mon goût pour l'argent et la spéculation, alors que ça ne m'intéresse pas, tu comprends, ça ne m'intéresse pas du tout ! Ce n'est ni dans ma mentalité, ni dans mon éducation.

Il se tait un instant.

— La presse me voit comme un moribond.

Aujourd'hui, il a très mal à l'épaule. Il raconte à Claire qu'il est resté couché toute la journée, la veille. Mais il se félicite de pouvoir marcher à nouveau. Il s'émerveille devant les pigeons qui piétinent le Champ de Mars.

— C'est tout ce qui me reste.

Notes de Claire (non datées)

Il me dit : quand un homme meurt, il emporte tous ses souvenirs.

Il me dit : dans mille ans, qui se souviendra de moi ? Je ne serai qu'un petit point dans l'Histoire.

FM se plaint de ne pas pouvoir se préparer à la mort. Il aimerait consacrer tout son temps à penser à ce moment.

Il me dit : tu dois continuer à vivre après moi, je ne veux pas que tu sois une veuve.

Puis, montrant le ciel du doigt : quand je serai là-haut, je veillerai sur toi.

Elle ne se souvient plus très bien de leur dernier rendez-vous. Ni de la date exacte. Claire se rappelle seulement avoir croisé Valéry Giscard d'Estaing en arrivant avenue Frédéric Le Play. Ce jour-là, elle a trouvé Mitterrand habillé et rasé de près. C'est la moindre des choses, a-t-il justifié, on ne reçoit pas en peignoir un ancien président de la République, fût-il un vieil adversaire.

Je cherche la date de cette visite de Giscard à Mitterrand : c'était le 15 décembre 1995, un vendredi, autour de midi.

Longtemps après, quand Claire a accepté de me montrer ses agendas, nous avons vérifié. C'est bien ça : à la date du 15 décembre, elle a noté : « déjeuner FM à la Cantine des Gourmets, avenue de la Bourdonnais ».

Quelques jours avant Noël, Claire téléphone d'une cabine boulevard Haussmann, en sortant des Galeries Lafayette.

Mitterrand a une voix très douce.

Il l'invite à passer le voir dans l'après-midi, à 15 h 30.

Le docteur Tarot l'accueille, embarrassé.

— Ça n'est pas possible aujourd'hui, il faut que vous partiez.

Elle demande si elle peut revenir plus tard.

Il lui répond que c'est un peu compliqué.

Anne et Mazarine sont là.

Mitterrand lui téléphone le 24 décembre. La conversation est brève. Elle entend qu'on entre dans la pièce. Une voix, lui dire : il faut partir maintenant.

Il promet qu'il rappellera.

Contre l'avis de tous, il s'envole le jour même pour l'Égypte avec Anne et Mazarine, le docteur Tarot et la famille de ce dernier. Il veut revoir une dernière fois les felouques sur le Nil et la lumière du couchant, depuis le balcon de la suite 237 de l'hôtel Old Cataract, à Assouan.

Ils se parlent une dernière fois le mercredi 3 janvier.
Claire distingue à peine ce qu'il dit.
Comme s'il divaguait.
Soudain, le combiné lui échappe des mains.
Un mouvement, des bruits étouffés.
Elle reste un moment à guetter, le cœur serré.
Quelqu'un finit par raccrocher.

Ils ne se sont pas dit au revoir.

Les jours suivants, elle appelle Le Play, on lui répond qu'il dort.

Les 6 et 7 janvier, Claire passe un week-end épouvantable.

La nuit, elle vomit.

Dans son agenda, elle écrit :

« Je rêve qu'on l'assassine. Un crime de sang. Je le vois mort, une tache rouge sur la tempe. »

Bouleversée par son cauchemar, elle rappelle lundi matin, très tôt, le 8 janvier. Une voix inconnue lui répond qu'il n'est pas possible de parler au président pour l'instant, qu'il faudra essayer plus tard. Elle raccroche. Le téléphone sonne peu après. C'est un ami du Quai d'Orsay, admirateur du président socialiste.

— Tu as vu ? Mitterrand est mort.

Le petit prince est mort.
Mon amour.
Elle allume la radio.
Cette fois, ce n'est pas une rumeur.
François Mitterrand est mort, à 8 h 30 ce matin.

Plus tard dans la matinée, Claire appelle B., le garde du corps, qui lui déconseille de venir : Tu ne le reconnaîtrais pas. Michel Charasse, qui vient d'arriver d'Auvergne, lui téléphone à son tour. Il s'excuse de ne pas l'avoir lui-même prévenue, comme il s'y était engagé. Lui propose de dîner le soir. À la nuit tombée, Claire part avenue Frédéric Le Play. Quand elle arrive, ils sont tous là. Les policiers, les journalistes, et les curieux, pressés derrière des barrières. Une petite foule dense et silencieuse. Des cars de transmission sont garés le long du trottoir. L'immeuble est barricadé, entouré d'un halo de lumière formé par les projecteurs de télévision. Elle lève les yeux, tente d'identifier la fenêtre de sa chambre. Elle reste là un moment, puis part marcher au Champ de Mars, sans penser. Ni se soucier du froid et de l'humidité.

Elle retrouve Charasse un peu plus tard, à la Closerie des Lilas. Quand elle imaginait la mort à venir, le vide qui s'annonçait, ceux sur qui elle pourrait compter, c'est au Ministre qu'elle pensait. Ce dernier se montre fuyant, décevant, comme souvent. Mais Charasse est là.

Charasse est toujours là quand il s'agit de Mitterrand.

Charasse lui a dit de revenir à 9 h 30 le lendemain. Elle se faufile, tête baissée, le col de son manteau relevé. Comme souvent, personne ne la voit. Les officiers de sécurité ont donné son nom aux policiers postés devant l'entrée. B. vient la chercher dans la cage d'escalier. Il lui demande ensuite d'attendre dans l'entrée. Elle s'assoit en tremblant à l'extrémité d'un canapé de cuir noir. Un autre garde du corps vient la trouver : c'est lui qui a décroché la veille, quand elle a appelé, il s'excuse de n'avoir rien osé lui dire. Deux anciennes conseillères de l'Élysée chuchotent en la regardant.

B. la rejoint enfin : Allez viens…

Ils entrent dans la chambre du président. Claire l'arrête quand il fait mine de s'éclipser.

Reste, s'il te plaît.

Elle prend sa main.

C'est la première fois qu'elle voit un mort.

Elle pleure doucement.

Ils ne peuvent pas rester longtemps.

En quittant la pièce, ils croisent le docteur Tarot, qui invite Claire à le suivre à côté, dans le bureau du président. Le médecin la prend dans ses bras, la serre fort, lui parle à l'oreille pour lui raconter comment il est mort. Il assure qu'il n'a pas souffert. Elle pleure, blottie contre lui. Claire n'aimait pas beaucoup Tarot mais elle n'a jamais oublié ces mots d'humanité et de douceur.

Le défilé des personnalités a commencé. Claire doit attendre l'après-midi pour retourner à Le Play. Elle note que certains gardes du corps ont les yeux rougis. Tarot vient lui dire qu'il y a une place pour elle dans l'avion pour Jarnac.

— Évidemment, on l'emmène ! lance Charasse, agité et volubile.

B. lui fait signe quand c'est le moment. Elle entre une deuxième fois dans la chambre de Mitterrand. Cette fois, elle veut rester seule avec lui. Debout au pied du lit, dans la lumière blanche de l'hiver, Claire fixe longuement le visage de l'homme aimé. Comment ne pas penser au moulage en plâtre qu'il gardait au pied de son lit, à l'Élysée ?

Elle tente d'apprivoiser cette image.

B. ouvre soudain la porte :

— Il faut que tu sortes…

C'est Danielle qui arrive, accompagnée de Yasser Arafat. L'épouse du président regarde durement la jeune femme en la croisant. Claire s'éclipse, triste et gênée. Elle voudrait attendre encore, revenir plus tard dans la chambre, mais cette fois, le garde du corps lui demande de partir.

— Tu ne peux pas rester, Danielle fait un esclandre à cause de toi !

Il est mort un lundi et a été enterré un jeudi.

La veille des obsèques, des dizaines de milliers de personnes affluent place de la Bastille pour un dernier hommage, sous le vent et la pluie. La colonne de Juillet sert de lieu de ralliement à la gauche endeuillée. Les Parisiens signent des registres de condoléances. Les dignitaires socialistes déposent une rose. Une grande photo du président domine la place. Sur les marches de l'Opéra, Barbara Hendricks, accompagnée d'un accordéon, chante « Le Temps des cerises ».

Et puis, plus rien.

Claire est là, avec son amie Amélie.

Elle se souvient de la foule, immense.

Et du silence.

Elle va avoir 30 ans.

Les gardes du corps lui proposent de revenir avenue Frédéric Le Play, juste après la Bastille. Elle arrive peu après 23 heures. Anne et Mazarine sont parties.

Claire reste une heure et demie auprès du cercueil, fermé.

Elle s'étonne de ne pas voir Tarot. Les gardes du corps lui racontent qu'ils l'ont trouvé dans l'appartement, ayant revêtu un peignoir de Mitterrand. Ils lui ont demandé de s'en aller.

— Si tu veux quelque chose, il faut le prendre maintenant, la prévient l'un d'eux.

Elle refuse. Il insiste, ouvre les placards.

— Mais si, sers-toi… prends un souvenir.

Elle souhaiterait récupérer la cravate à fleurs qu'elle lui avait donnée, aimerait aussi son chapeau. L'officier de sécurité le cherche, lui promet qu'il le mettra de côté pour elle. Il lui donne la casquette à la place. Un autre gendarme lui tend une photo d'identité, en noir et blanc.

– Tiens, je l'ai prise pour toi. C'est la même que sur son passeport.

Comme promis, les gardes du corps lui ont trouvé une place dans l'avion qui décolle d'Orly le jeudi 11 janvier. À bord, plusieurs cercles se mélangent : des amis et des membres de la famille, des conseillers de l'Élysée, quelques socialistes qui ont préféré Jarnac à Notre-Dame, où se tient une messe d'hommage au même moment, en présence des chefs d'État étrangers.

L'appareil atterrit sur la base aérienne de Cognac, à 15 kilomètres de sa ville natale, où Mitterrand a souhaité être enterré. L'autocar, venu chercher les passagers, roule sur une route déserte. Claire s'est installée à côté d'un haut responsable socialiste qui ne lui prête aucune attention. Elle supporte mal le brouhaha des conversations, aimerait un peu plus de silence. Par la vitre, elle regarde défiler les façades couleur craie et les ruelles tortueuses.

C'est la première fois qu'elle vient à Jarnac.

La place du Château s'est remplie. Au premier rang, les deux familles du président, raides et affligées :

Danielle Mitterrand et ses fils, Jean-Christophe et Gilbert, Anne Pingeot et Mazarine, réunis pour la première fois. Un coup de vent soudain fait s'envoler le drapeau tricolore qui recouvre le cercueil, Danielle se baisse pour le ramasser.

Puis, c'est la messe.

Entre l'église romane et le cimetière des Grands-Maisons, le convoi funéraire passe devant la maison natale de Mitterrand, au 22, rue Abel Guy. Un an plus tôt, le 6 mars 1995, il y avait fait une ultime visite, passant de pièce en pièce. Il s'était arrêté un instant devant l'armoire-lit où sa mère est morte, avait caressé la petite croix incrustée dans le bois.

Le cercueil est porté par les gardes du corps qui l'ont suivi après le pouvoir. Il fait froid.

Je demande à Claire où elle se trouvait.

Elle prend mon feutre bleu et mon carnet, délimite un carré pour le cimetière, puis dessine un rectangle, plus petit, pour le cercueil. Devant, elle trace un trait, sous lequel elle écrit familles, au pluriel. Enfin, elle fait une croix, loin derrière, tout au fond du cimetière.

À côté, elle écrit : moi.

Je parle à mon éditeur de ce croquis rapidement esquissé sur une page de mon carnet. Ce détail plaît à Christophe. Il lui fait penser au tableau de David, *Le Sacre de Napoléon Ier*. Dans cette œuvre monumentale de près de dix mètres sur six, conservée au Louvre, les personnages principaux, éclairés par un faisceau de lumière, ont été placés au centre de la toile. Agenouillée devant l'empereur, l'impératrice Joséphine, les mains jointes et la tête baissée. Autour d'elle, le pape, les cardinaux et les évêques, la mère de Napoléon, les grands dignitaires de l'Empire. Juste derrière Joséphine, le maréchal Joachim Murat, qui tient le coussin sur lequel se trouve la couronne.

Parmi les cent cinquante invités du sacre à Notre-Dame représentés par le peintre, certains sont identifiés. D'autres, placés plus loin, plus haut dans les tribunes, ou cachés derrière les lourdes tentures bleues, non. Les yeux attirés par la couronne, l'impératrice, l'empereur, les manteaux de pourpre et les bas brodés d'or des courtisans, on ne fait pas attention à eux. Ils sont là mais on ne les voit pas.

Les gens qui ne regardent pas ne voient pas, me dit Christophe.

Ce sont les officiers de sécurité qui viennent la chercher. Elle devrait être plus près. Claire les suit, avance de quelques pas. Mais le cœur n'y est pas. En présence de Danielle, la veuve, d'Anne, qui partageait sa vie, et de tous ses enfants, Claire ne sait plus où est sa place.

Ce jour-là, sous le ciel ardoise de Charente, elle doute même d'en avoir jamais eu une.

Le défilé pour bénir le cercueil a commencé, dans l'allée du cimetière. Chacun avance, jette un peu d'eau bénite, s'incline. Claire approche en tremblant. Elle saisit le goupillon, dessine un signe de croix. Les yeux fermés, elle se met à pleurer en silence. Charasse vient la chercher. Il la prend par les épaules, l'éloigne.

Dans l'avion du retour, elle s'assoit à côté de Brigitte Sauzay. Les deux femmes se sont beaucoup croisées au chevet du président. Elles se connaissent peu mais s'apprécient et se respectent. Avec délicatesse, l'interprète d'allemand l'interroge sur le lien qui l'unissait au vieux président. Dans le ciel entre Cognac et Paris, Claire s'ouvre à cette femme de vingt ans son aînée, qui a accompagné Mitterrand dans les pires moments. Et qui a compris depuis longtemps.

Brigitte et Claire se sont souvent vues après. Elles se retrouvaient au café des Deux Magots, un rituel. Après l'Élysée, l'interprète est devenue la conseillère du chancelier allemand Gerhard Schröder. Claire a poursuivi sa carrière au Quai d'Orsay. Elle s'est mariée, a eu deux enfants, est partie à l'étranger, a déménagé plusieurs fois, s'est finalement installée près de la Madeleine.

Quand Brigitte Sauzay est morte en 2003, Claire a pleuré.

Elle me dit : Je n'aime pas quand mes témoins disparaissent.

Claire retourne à Jarnac dix jours plus tard, pour se recueillir sur la tombe qu'elle n'a pas vue fermée. Elle reste un long moment devant la pierre froide.

Depuis, elle y fait pèlerinage chaque année, le 12 juillet. Elle prend le train, loue une voiture à Angoulême, réserve un hôtel, avec une vue sur le pont qui enjambe la Charente.

Il fait souvent très beau, parfois chaud. Elle flâne dans les rues de la ville, se rend dans les lieux qu'il aimait. Au cimetière, elle prend son temps. Quand quelqu'un s'approche, elle s'éloigne, attend, revient quand elle est seule. Elle s'arrête toujours sur la route pour voler une fleur de tournesol dans un champ. Elle prend la plus belle, la dépose sur la tombe.

VI.

Épilogue

Claire est revenue plusieurs fois à l'Élysée, depuis la mort de Mitterrand. Un portique de sécurité a été installé dans la loge d'honneur, toujours aussi défraîchie. La façade a été ravalée et la salle des fêtes rénovée.

Elle croise parfois un maître d'hôtel ou un huissier, qu'elle reconnaît. Ils lui font un petit signe discret. Elle a revu aussi l'une des infirmières. Cette dernière l'a hélée dans la cour, alors qu'elle était en train de quitter le palais. Elles ont évoqué quelques souvenirs.

Claire a voulu y emmener aussi son mari et ses enfants pour les journées du patrimoine. Elle a pu visiter le salon des portraits, le salon des aides de camp, le salon des fougères et le jardin d'hiver.

Elle peut dessiner toutes les pièces les yeux fermés.

Dans la bibliothèque, où elle déjeunait avec lui, elle n'a pas pu s'attarder, pressée par les suivants.

Elle jure que revenir à l'Élysée ne lui a rien fait.

Les pierres n'ont pas de mémoire, me dit-elle.

Je ne la crois pas.

À l'angle de la rue de Grenelle et de la rue de Bourgogne, elle reconnaît immédiatement sa haute et élégante silhouette. Elle s'arrête, lui sourit.

— Vous vous souvenez de moi ? lance Claire au docteur Tarot.

Elle le trouve changé, se demande avec appréhension s'il pense la même chose en la voyant. À plus de 50 ans, son visage s'est émacié. Elle a les cheveux plus longs, coiffés en arrière. Ce jour-là, elle porte un tailleur pantalon sombre et une étole vert émeraude. Elle a abandonné ses santiags depuis longtemps.

Ils restent un instant immobiles. Tarot lui explique qu'il est à la retraite et vit dans le quartier. Elle aussi donne quelques nouvelles. J'aimerais vous parler, dit-elle. Le médecin lui donne son numéro de portable, en lui disant appelez-moi.

Ils ne se sont jamais revus.

Je donne rendez-vous à Claire en fin d'après-midi, pour parler du manuscrit. Je la rejoins sur le pont de l'Archevêché, derrière Notre-Dame. Le ciel est pur, dégagé. Les cafés sont toujours fermés. On s'assoit au bord de la Seine, sur un petit muret de pierre blanche.

J'ai dû batailler pour organiser cette rencontre. Plus le livre avance, moins elle se rend disponible. Elle porte un masque, qu'elle ne retire pas. Une chemise rose pâle et une écharpe grise. Un imperméable sombre. Elle prend l'enveloppe en kraft que je lui tends, ne l'ouvre pas.

— C'est bien, dit-elle enfin, ce livre arrive au moment où mes souvenirs commencent à s'effacer.

Nous parlons de ses agendas, des notes qu'elle prenait.

— Écrire m'a aidée à trouver ma place.

Claire ajoute qu'aujourd'hui, les jalousies se sont tues.

— Je ne déteste pas Danielle. J'aime Mazarine, qui lui ressemble. J'ai de l'estime pour sa mère, qui l'a aimé en silence. Est-ce vanité de rechercher, à mon tour, une forme de reconnaissance ? Est-ce trahison de révéler notre histoire ? Je l'ignore. J'ai vu tellement de monde se disputer sa dépouille, son héritage, prétendre être celui ou celle qui a été le plus aimé. Je ne veux pas faire partie de tout cela.

Claire me promet qu'elle lira mais ne peut pas me dire quand. Elle a besoin de calme, de retrait, et elle manque de temps. Je crois au contraire qu'elle essaye d'en gagner.

Des mouettes se croisent au-dessus du toit éventré de la cathédrale. Nous restons silencieuses un moment. Claire reprend. Elle évoque le *Marie-Antoinette* de Zweig, qu'elle vient de relire. Elle a une tendresse particulière pour le comte de Fersen, l'amant de la reine, qui organisa la fuite à Varennes. Les lettres, sages ou enfiévrées, qu'ils échangeaient ont été censurées par les descendants de l'aristocrate suédois, peut-être par Fersen lui-même, soucieux de ne pas compromettre la souveraine. Ce grand amour caché, longtemps gommé du récit officiel, a donc été découvert beaucoup plus tard, éclairant le passé d'une lumière nouvelle. Ça lui plaît. Elle rappelle qu'à la prison de la Conciergerie, où Marie-Antoinette a passé ses derniers jours, la reine déchue portait une bague de Fersen. À l'intérieur de la chevalière, qu'on lui a retirée avant l'échafaud, des mots étaient gravés, en italien : *tutto a te me guida.*

Tout me conduit vers toi.

Puis, Claire me raconte quelque chose dont elle ne

m'avait jamais parlé. Des années après la mort de Mitterrand, elle a croisé le Ministre, par hasard, à l'occasion d'une réception officielle. Ils étaient heureux de se revoir. Elle l'a trouvé changé, moins faraud. Un peu mélancolique, peut-être.

Il lui a dit c'est beau, vous étiez son dernier amour.

C'est aussi le dernier secret.

— Vous partez pour Noël ?
— Oui, je te l'avais dit.
— Cinq jours sans vous voir, vous allez me manquer.
— Ensuite, je te manquerai pendant soixante ans.

BIBLIOGRAPHIE

ADLER, Laure, *L'Année des adieux*, Flammarion, 1995.

— *François Mitterrand, journées particulières*, Flammarion, 2015.

ATTALI, Jacques, *Verbatim* (tome III), Fayard, 1995.

BACQUÉ, Raphaëlle, *Le Dernier Mort de Mitterrand*, Grasset et Albin Michel, 2010.

— « Mitterrand, Pinault, Depardieu… L'étonnant dévouement du docteur Tarot », *M*, 25 avril 2013.

BARBIER, Christophe, *Les Derniers Jours de François Mitterrand*, Grasset, 1997.

BENAMOU, Georges-Marc, *Le Dernier Mitterrand*, Plon, 1997.

BRÉZET, Alexis et DE ROYER, Solenn (sous la dir.), *Le Deuil du pouvoir*, Perrin, 2017.

CHARASSE, Michel, *55 faubourg Saint-Honoré*, Grasset, 1996.

CHARDONNE, Jacques, *Claire*, Grasset, 1931.

CHEMIN, Ariane et CATALANO, Géraldine, *Une famille au secret*, Stock, 2005.

CLEMENCEAU, Georges, *Lettres à une amie (1923-1929)*, Gallimard, 1970.

COCTEAU, Jean, *Poèmes*, Gallimard, 1956.

DECRAENE, Paulette, *Secrétariat particulier*, l'Archipel, 2008.

DELOIRE, Christophe et DUBOIS, Christophe, *Sexus politicus*, Albin Michel, 2006.

DESTAING, Fernand, *Le Crépuscule des princes, de Napoléon III à François Mitterrand*, Buchet-Chastel, 1995.

DUHAMEL, Alain, *François Mitterrand, portrait d'un artiste*, Flammarion, 1997.

DUHAMEL, Patrice et SANTAMARIA, Jacques, *L'Élysée, histoire, secrets, mystères*, Plon, 2018.

FAVIER, Pierre et MARTIN-ROLLAND, Michel, *La Décennie Mitterrand*, tomes 2 et 3, Seuil.

GAMBA, Daniel, *Interlocuteur privilégié*, JC Lattès, 2003.

GIESBERT, Franz-Olivier, *Le Vieil Homme et la Mort*, Gallimard, 1996.

GROULT, Benoîte, *Journal d'Irlande : Carnets de pêche et d'amour, 1977-2003*, Grasset, 2018.

JULLIARD, Jacques (sous la dir.), *La Mort du roi*, Gallimard, 1999.

LACOUTURE, Jean, *Mitterrand, une histoire de Français*, Seuil, 1998.

LAUSBERG, Sylvie, *Madame S*, Slatkine & Cie, 2019.

LE BAILLY, David, *La Captive de Mitterrand*, Stock, 2014.

MITTERRAND, François, *La Paille et le Grain*, Flammarion, 1975.

— *Lettres à Anne (1962-1995)*, Gallimard, 2016.

— *Journal pour Anne*, Gallimard, 2016.

MITTERRAND, François et WIESEL, Élie, *Mémoire à deux voix*, Odile Jacob, 1995.

PÉAN, Pierre, *Une jeunesse française*, Fayard, 1994.

PINGEOT, Anne, avec Jean-Noël JEANNENEY, *Il savait que je gardais tout*, Gallimard et France Culture, 2018.

POISSON, Georges, *L'Élysée, histoire d'un palais*, Pygmalion, 2010.

SAINT-CRICQ, Nathalie, *« Je vous aiderai à vivre, vous m'aiderez à mourir »*, L'Observatoire, 2021.

SCHNEIDER, Robert, *Les Mitterrand*, Plon, 2009.

TOURLIER, Pierre, *Conduite à gauche*, Denoël, 2000.

VÉDRINE, Hubert, *Les Mondes de François Mitterrand. À l'Élysée, 1981-1995*, Fayard, 1996.

WAJSBROT, Cécile, *Violet Trefusis*, préface de François Mitterrand, Mercure de France, 1989.

WILLIAMS, Tennessee, *Le Boxeur manchot*, Robert Laffont, 2020.

WINOCK, Michel, *Clemenceau*, Perrin, 2007.

ZWEIG, Stefan, *Marie-Antoinette*, Grasset, 1999.

REMERCIEMENTS

Merci à Claire, qui a tant douté, d'avoir accepté de me confier son histoire, et d'ouvrir la fameuse malle sous l'escalier. Merci pour sa confiance, son endurance, sa bienveillance.

Merci infiniment, chacun pour une raison particulière, à Luc Bronner, Guillaume Bureau, Ariane Chemin, Nathalie Crom, Damien Cuier, Clara Delorme, Ghislain de Fonclare, Andrew Heather, Laurie Kezas, Judith Perrignon, Barbara Soulié, et Vanessa Schneider.

Merci à tous ceux dont l'affection et l'amitié m'ont accompagnée, encouragée, portée, pendant l'écriture de ce livre.

Merci à Tauba Bourou-Rubinsztein et Evelyne Ragot, grâce à qui la vie est plus douce, et à Carol Guinebert.

Merci à Stéphanie Pierre et à l'excellente documentation du *Monde*, pour tous les jours.

Merci à Xavier Collet, pour sa lecture bénédictine, infiniment précise et rigoureuse.

Merci à Olivier Nora, pour sa confiance, précieuse.

Merci, enfin, à Christophe Bataille, pour sa foi, sa délicatesse, sa douce persévérance, et sa patience.

Cet ouvrage a été achevé d'imprimer
par CPI Brodard et Taupin à La Flèche (Sarthe)
pour le compte des éditions Grasset
en septembre 2021.

Mise en pages
PCA 44400 Rezé

PAPIER À BASE DE FIBRES CERTIFIÉES

Grasset s'engage pour l'environnement en réduisant l'empreinte carbone de ses livres. Celle de cet exemplaire est de :
1,1 kg éq. CO_2
Rendez-vous sur www.grasset-durable.fr

N° d'édition : 22164 – N° d'impression : 3044885
Dépôt légal : octobre 2021
Imprimé en France